Peter Jacobi

MEIN LEBEN ALS BUCH

Mit Illustrationen von
Amelia Leoncini

Edition Nautilus

Peter Jacobi, geboren 1951 in Thüringen. Buchhändlerlehre in Regensburg, 1974 Gründung der Rockgruppe Zyankali. Philosophie- und Anglistik-Studium, Tätigkeit als Lektor. Lebt seit 1981 als freier Autor in München, veröffentlichte Theaterstücke, Hörspiele (1989 Hörspielpreis der Kriegsblinden für *Wer Sie sind*) und den Roman »Der weiße Zwerg« (München 1995).
Das Bildmotiv auf den Vorsatzblättern – ein Männlein wird von einem überlebensgroßen Buch verschlungen – basiert auf einer Zeichnung, die der russische Schriftsteller Nikolai W. Gogol auf seinem Sterbelager verfertigt hat.
Einbandgestaltung: Maja Bechert

Edition Nautilus Verlag Lutz Schulenburg
Am Brink 10 · D-21029 Hamburg

1. Auflage 2000 · ISBN: 3-89401-344-3
Printed in Germany
www.edition-nautilus.de

Vorwort des Herausgebers

Letztes Jahr erhielt ich ungewöhnliche Post.

In einem wattierten Umschlag wurde mir mein Jugendfreund D., den ich als fanatischen Leser in Erinnerung habe, in den Verlag geschickt. Ich muß zugeben, ich habe ihn zuerst nicht wiedererkannt.

Mein Freund war zum Buch mutiert.

Obwohl das Buch eine Menge explosives Material enthielt, bestand es darauf, vervielfältigt und in den Buchhandel gebracht zu werden.

Der Verlag kommt dieser Bitte hiermit nach, haftet aber nicht für Schäden, die sich aus der Lektüre der nachfolgenden Seiten ergeben mögen.

Maximilian Grote, Lektor

I

– Ich bin ein Buch!

Mein Rücken der Buchrücken, mein Rumpf der Buchblock, der Buchrücken blau wie meine Augen, das Kapitalband rot wie mein Haar. Wenn man mich aufschlägt breite ich die Arme aus.

Gisela ist verzweifelt: Gestern Nacht sei ich noch ganz normal in Menschengestalt zu Bett gegangen.

– Wie viele Seiten habe ich?

Es kitzelt, als ihr Daumen zu meiner letzten Seite blättert. Ich bin blind wie ein Maulwurf, kann ihr Gesicht über mir nicht sehen.

– Hundertvierundvierzig.

Ein schmales Bändchen also. Welch ein Widerspruch zu meinem früheren Körperumfang: der massive Leib, den ich mit Butterplätzchen niederfütterte, damit ich in Ruhe lesen konnte.

– Welches Format?

Wir sinken etwa einen Meter tiefer. Auf das Bett? Den Teppich? Auf den Hocker vor dem Schminktisch?

– Antworte!

Ich spüre wie sich ihre Finger um den Buchblock krampfen.

– Oktav! Was spielt das denn jetzt noch für eine Rolle?

– Ich wüßte eben gerne wie ich aussehe.

Ihre Antwort besteht aus salzig warmen Tropfen, die mein aufgeschlagenes Papier geduldig aufsaugt. Gisela weint gewöhnlich lautlos. Ohne eine Miene zu verziehen. Wären da nicht die Tränen, die aus staunend aufgerissenen Augen quellen und über die mit blondem Flaum bewachsenen Wangen laufen, man würde es nicht mal bemerken.

Oft habe ich in letzter Zeit im Lehnstuhl sitzend von meiner Lektüre aufgeblickt und an durchnäßten Taschentüchern oder roten Augenrändern gemerkt, daß sie wieder geweint hat. Die vergangenen Wochen waren turbulent und hart. Hart genug, um in der Psyche eines zarten Persönchens wie Gisela derartige Halluzinationen auszulösen?

– Ich bin nicht verrückt!

Die Hände, die mich halten, zittern.

Ich bin mir sicher: ich habe nicht g e s a g t, daß sie verrückt ist …

– Aber gedacht!

Woher kann sie das wissen?

– Weil ich alles, was du denkst, klar und deutlich in dir lese.

In mir lesen! Das hatte sie schon immer versucht. Manchmal sogar mit Erfolg. Oft hatte sie aber auch Dinge, die ich im Traum nicht denken würde, in mich hinein interpretiert.

So halte ich die Idee, daß ich ein Buch bin, keineswegs für ausgemacht. Zugegeben: ich bin blind. Gelähmt. Ich spüre meinen Körper nicht. Doch wann hatte ich das je getan?

Vielleicht ist auch gar nichts wahr an der Geschichte und ich bin heute morgen gar nicht aufgewacht und liege auch nicht aufgeschlagen in Giselas Handflächen, sondern im Bett und träume noch?

– Vergiß es! ruft Gisela über soviel Halsstarrigkeit erbost aus, umfaßt beide Buchdeckel und klappt mich wütend zu.

◆ ◆ ◆

Mein ehemaliger Körper war exakt 1 Meter 79 hoch, rundlich, von gedrungener Statur und mit 116 Kilo eindeutig zu schwer.

Die Füße waren abgeplattet, die Beine, die die Hauptlast trugen, kurz und dünn. Der massive Rumpf, den ich wie eine Bleikugel vorsichtig auf meinen Streichholzbeinen balancierte, war mit festem weißen Fleisch gepanzert. Die Schultern athletisch. Der kurze, dicke Hals war unter dem herabwallenden roten Vollbart so gut wie nicht zu sehen. Er wurde von einem mächtigen Schädel überschattet, aus dem die Nase hervorsprang wie ein Erker. Rotlockiges, drahtiges Haar wuchs in schwer zu bändigenden Büscheln um Geheimratsecken. Blaue Augen schwammen hinter Brillengläsern und blickten milde durch den Betrachter hindurch.

Die Hemden trug ich seit meiner Jugend über dem Hosenbund, was mir, mit meiner sommerlichen Neigung zu Sandalen, schon bei den Klassenkameraden den Spitznamen ›Diogenes‹ eintrug, der mir bis heute geblieben ist.

Merkwürdigerweise entsprach das Bild, das ich mir selbst von meinem Körper machte, nie der obigen Beschreibung. In meiner Vorstellung war ich ein zierliches, korrekt gekleidetes Männlein mit ebenmäßigem, höflich verschlossenem Gesicht, das flugs aufsprang, sich verbeugte, wenn ein Kunde in den Laden kam – während mein real existierender Körper mürrisch nickend auf dem Lehnstuhl neben der Kasse sitzen blieb.

Damit der Körper still hielt, mußte eine Menge Nahrung her, hauptsächlich Kohlehydrate. Tagsüber verschlang ich Unmengen von Butterplätzchen, Nußschnekken und Streuselkuchen, die ich im Lebensmitteldiscounter zwei Gassen weiter besorgte und mit stark gesüßtem Tee herunterspülte. Abends lebte ich von Pizza, Nudeln und tiefgefrorenem Topfenpalatschinken.

Durch nichts wird eine sitzende Lebensweise mehr begünstigt als durch einen schweren, mit sich beschäftigten Verdauungstrakt. Während Fleisch die Phantasie entzündet und die Körpersäfte unnötig in Wallung bringt, wird das Gehirn durch die reichliche Zufuhr von Kohlehydraten in jenem milden Aufmerksamkeitszustand gehalten, der das Ziel des passionierten Lesers ist.

Um den Einfluß des Körpers zurückzudrängen, muß man schlau sein und ihm geben, wonach er am meisten verlangt: Masse.

Je gewaltiger sich ein Körper aufbläht, desto schwächer wird sein Einfluß auf den Geist; je unübersehbarer der gedunsene Leib im Raum steht, desto geringer sein Stellenwert beim Körpereigner. Indem ich jedes aufkommende Bedürfnis meines Körpers bereits im Keim befriedigte und dadurch erstickte, verlor er die Macht über mich und überließ mich dem von mir bevorzugten Geisteszustand, dem körperlosen Schweben über einem aufgeschlagenen Buch.

Natürlich reichten die beschriebenen Maßnahmen (ergänzt durch den allabendlichen Umgang mit Rotweinen, insbesondere Nebbiolo und Barbera, sowie strikte Enthaltsamkeit von jeder Art von Sport) keineswegs aus, den Körper ein für allemal zum Schweigen zu bringen. Im Gegenteil: der vernachlässigte Leib meldete sich immer dringender, immer dramatischer zu Wort, wobei er zunehmend zu hypochondrischen Einflüsterungen Zuflucht nahm.

Kein Zahnfleischbluten, das ich nicht als Sputum des unheilbar Lungenkranken gedeutet hätte; kein Stuhlgang, den ich nicht auf Blutspuren untersuchte; geschwollene Lymphdrüsen deutete ich prinzipiell als Tumor und aus der Hautveränderung auf meinem Rücken machte ich im Handumdrehen Hautkrebs: ein tödliches Melanom.

Als mich Gisela vor zwei Wochen unter der Dusche sah, schickte sie mich sofort zum Arzt.

Die Gemeinschaftspraxis war mit schlecht isolierten Zwischenwänden in viele kleine Sprechzimmer unterteilt und ich konnte mit anhören, wie der Doktor nebenan ein nässendes Ekzem behandelte, bevor er zu mir kam. Ein braungebrannter Mann in den Vierzigern federte elastisch auf mich zu, ergriff meine ihm unschlüssig entgegengehaltene Hand und schüttelte sie. Zu meiner Überraschung stellte sich heraus, daß er mich kannte.

– Sie sind der Inhaber der *Büchertonne*, dem Antiquariat in dem hübschen Gewölbe.

– Richtig.

– Ich habe vor einem Jahr ein mehrbändiges Lexikon bei Ihnen gekauft.

Mehrbändig. Jetzt erinnerte ich mich. *Das Große Meyerslexikon* in Halbleder mit Goldprägung. Als er mich nach dem Preis gefragt hatte, war er mit einem der schweren Bände zum Schaufenster gestürzt und hatte ihn wie einen Tennispokal über seinem Kopf geschwenkt. Auf das Signal hin war seine Frau hereingekommen und hatte die Lederrücken sämtlicher 20 Bände fachmännisch wie ein Kürschner einer genauen Prüfung unterzogen.

– Was führt Sie zu mir?

Ich zog mir das Hemd über den Kopf und zeigte ihm meinen Rücken.

– In den Tropen gewesen in letzter Zeit?

Nein, lachte ich, als ob ich es weiß Gott wie bedauern würde.

In den letzten Jahren war ich nicht einen Tag aus der *Büchertonne* herausgekommen.

– Ihre Haut ist extrem trocken.

Was daran liegen mochte, daß vorigen Donnerstag auf einen Schlag mein Durst versiegt war, ein Durst, der allein schon wegen des mich ständig umgebenden Bücherstaubs überlebenswichtig war. Von einem Tag auf den anderen war mein Flüssigkeitskonsum, der zahllose Cappuccinos, zwei große Kannen Tee, diverse Flaschen Mineralwasser und Säfte sowie den allabendlichen Wein umfaßte, nahezu gegen Null gesunken.

Er drehte mich an den Schultern zu sich herum und zeichnete mit einem metallenen Griffel eine gewellte Linie auf meine Brust.

– Sehen Sie das? Man nennt es Hautschrift oder Dermographismus. Die rote Linie, die ich auf ihre Haut gekritzelt habe, hält sich normalerweise höchstens eine Viertelstunde, selbst bei einem übererregbaren Menschen, wie Sie es sind.

Dann führte er mich vor den verspiegelten Wandschrank und reichte mir einen Handspiegel, damit ich das Mal auf meinem Rücken sehen konnte. Es bestand aus einem blau-schwarz hervortretenden Hautstreifen mit einem kleinen Punkt darüber.

– Es ist sonderbar. Eine Hautschrift, die nicht verschwindet. Ich habe so etwas noch nie gesehen. Wahrscheinlich in Verbindung mit einem Hämatom. Hat Sie irgend etwas oder jemand dort gekratzt?

– Nein. Das hätte ich gemerkt.

– Vielleicht sind Sie gestürzt?

Als ich den Kopf schüttelte, befragte er mich nach meinen Trinkgewohnheiten, wobei er die jüngste Änderung meines Trinkverhaltens mit der Bemerkung vom Tisch wischte, die meisten Menschen mit Alkoholproblemen legten sich kleine Pausen auf.

Während ich mir das Hemd anzog, beruhigte er mich.

Mein Fall sei ungewöhnlich, aber harmlos. Die Reizung werde sicher bald vergehen. Das kleine ›i‹ auf meinem Rücken werde bald nicht mehr zu sehen sein.

Gisela hat mich wieder zur Hand genommen.

Ich kann den Druck der Fingerkuppen auf meinem Rücken spüren. Sie schlägt mich auf und liest noch einmal von Anfang an. Ein Buch weiß sehr genau, welche Stelle gerade gelesen wird.

Anhaltspunkt ist die Nase des Lesers, die ständig verbrauchten Atem auf die aufgeschlagene Seite bläst. Aus dem Verhältnis der Faktoren Buchposition, Blickrichtung, Nasenwinkel schließt das Buch mit hoher Trefferquote auf die Zeile, die der Leser derzeit im Auge hat.

Gisela liest gerade: *Gisela ist verzweifelt: Gestern Nacht sei ich noch ganz normal in Menschengestalt …,* verliert dann die Lust und blättert vor auf diese Seite. Gisela ist keine große Leserin.

– Das ist nicht wahr!

– Willst du etwa leugnen, daß du grademal auf Seite 14 bist?

– Vielleicht brauche ich etwas Zeit, um zu verarbeiten, daß du plötzlich ein Buch bist.

– Wenn du ein Buch wärst, ich hätte dich längst ausgelesen!

Ich sinke. Auf eine weiche Unterlage. Die Bettdecke? Ihre Oberschenkel? Was bedeuten könnte, daß die Lektüre an dieser Stelle abbricht.

Während ich ein Buch stets ohne abzusetzen in einem Zug von A bis Z durchlese, hält Gisela oft schon nach dem ersten Absatz inne und blickt aus dem Fenster. Und falls dort ein lustiger Hund, ein seltener Vogel oder ein Mann mit eingedelltem Hut vorbeizieht, springt sie auf, blickt hinterher und das Buch bleibt – manchmal für immer – aufgeschlagen liegen.

Doch ich habe Glück und schnelle wieder in die Höhe, wo die Nasenlöcher pusten. Eine energische Bewegung, als hätte sie einen Entschluß gefaßt.

– Ich bringe dich jetzt ins Klinikum.

– Um Himmelswillen … bitte! Das darfst du auf keinen Fall!

Erschütterungen an Rücken und Seiten lassen schließen, daß sie auf die Schlafzimmertür zu marschiert.

– Wenn du glaubst, ich lasse dich in diesem Zustand …

– Gisela! Ich bin der erste Mensch der in ein Buch verwandelt wurde: eine medizinische Sensation, mit der sich Ärzte weltweit profilieren können. Weißt du was das heißt? Wenn du mich jetzt zur Ambulanz bringst, mußt du die nächsten Jahre und Jahrzehnte auf mich verzichten!

Sie bleibt stehen. Ein Frösteln durchfährt ihren Körper.

– Man wird mich auf internationalen Tagungen und Symposien vorführen. Vor Medizinern aus aller Herren Länder bei lebendigem Leib sezieren!

Ihre Schultern zucken. Ich schaukle wie ein Korken bei bewegtem Seegang. Dann ihr Fuß, der trotzig auf den Boden stampft.

– Immer das gleiche mit dir! Wenn die kleinste Veränderung ansteht, kriechst du entweder in dich selbst zurück oder wirst krank!

Kein Streit, bei dem Gisela nicht die ins Wasser gefallene Pragreise erwähnen würde. In den ersten Tagen unserer Beziehung hatte ich ihr in frisch verliebtem Überschwang versprochen, einmal mit ihr nach Prag zu reisen, mich aber zwei Stunden vor der Abfahrt des Reisebusses mit einer schweren Angina ins Bett gelegt.

– Und jetzt, wo es Spitz auf Knopf steht, machst du einen auf Buch!

– Ich mache nicht, ich b i n ein ...

Wir sinken – vermutlich auf den Stuhl links neben der Tür – und fangen erst sachte, dann immer heftiger an zu beben. Zeigefinger und Daumen halten mich mit zangenhartem Griff im Schritt umklammert.

Ich muß sie beruhigen, bevor ihre Heftigkeit durchbricht und sie mich in die Ecke pfeffert.

– Du darfst die Hoffnung nicht verlieren. Eine Spontan-Metamorphose wie in meinem Fall kann sich ebenso rasch zurückbilden, wie sie gekommen ist. Gut möglich, daß ich bis zum Wochenende wieder auf dem Damm ...

– Das glaubst du doch selbst nicht!

Das glaube ich allerdings nicht, werde diesbezügliche Zweifel aber lieber für mich behalten.

– Du bist ein Lügner!

An die Tatsache, daß jemand buchstäblich meine Gedanken liest, muß ich mich erst noch gewöhnen.

Dicke Tränen tropfen auf mich nieder und verdunsten in rasch abkühlenden Flecken. Dann unversehens ihre vollen Lippen, die den Falz des aufgeschlagenen Buchblocks überlappen und mich küssen.

– Entschuldige, Schatz, ich bin völlig durcheinander ...

– Das ist ganz normal in deiner Lage.

– Ich bin furchtbar! Du Armer liegst ganz vertrocknet und mit aufgeschlagenen Seiten vor mir und ich habe nichts besseres zu tun als dir Vorwürfe zu machen.

Sie bedeckt mich abermals mit Küssen, hält dann inne:

– Gibt es etwas, das ich für dich tun kann?

– Wieviel Uhr ist es?

– Kurz vor zehn.

Ich zögere, ob ich das, was mir durch den Sinn geht auch wirklich sagen soll. Es wird keine Begeisterung auslösen.

– Sag's mir.

– Lieber nicht.

– Ich tu alles, was du willst!

– Wir ... wir könnten zusammen runtergehen und den Laden öffnen.

◆❖◆

Von dem Tag an, da sich mein Vater schwer erkrankt vom Geschäft zurückzog und mir die *Büchertonne* übergab, habe ich sie jeden Morgen (außer an Sonn- und Feiertagen) Punkt 10 Uhr geöffnet.

Meine Wohnung liegt schräg gegenüber und ich brauche in der Frühe nur über die schmale Gasse zu gehen, die immer kühl ist, selbst im Hochsommer, da wegen der eng beieinander stehenden Häuser nie direktes Sonnenlicht einfällt. Noch bevor ich die Post durchsehe, muß ich das Ladenlicht anschalten, das den ganzen Tag lang in das Dämmer der Gasse leuchtet wie eine Leselampe. Dieser honiggelbe Schein sei es, bestätigen mir viele meiner Kunden, der sie in den engen, vom Stadtmauerring abzweigenden Durchlaß locke. Einige meinen sogar, vor der Altstadtsanierung, die den alten Kaufmannshäusern einen hellen Anstrich verpaßte, sei der Lichteffekt noch hübscher herausgekommen.

In der Tat hatte der Kundenstrom in den ersten beiden Wochen, nachdem das Fachwerkhaus gegenüber in lichtem Grün gestrichen worden war, ein wenig nachgelassen. Aber das nahm ich gerne in Kauf, da ich meine Tage in dem Gewölbe auf dem Grund der Gasse verbrachte und mich über die fröhliche Farbe vor dem Schaufenster freute.

Bei der Ladenfassade hatten wir uns für ein klares Gelb entschieden, das den braun gehaltenen Schriftzug *Buchantiquariat Büchertonne* bestmöglich zur Geltung bringen würde. Als die Maler das mit Rupfen bespannte Gerüst abbauten und der in neuem Glanz erstrahlende Laden sichtbar wurde, hatten Gisela und ich mit Sekt gefeiert.

Am nächsten Morgen dann der Schock: Jemand hatte große rote Lettern auf das frische Teegelb neben der Ladentür gesprayt:

ANALFABET BANAUSEN! 7ME.

Zwar gelang es mir, das Graffiti abzukratzen und die Stelle mit einem noch vorhandenen Rest der Fassadenfarbe zu übertünchen, doch schon eine Woche später setzten 7ME, ERZKAN und OIDR ihren Kampf gegen die unbeschriftete Fläche fort. Obwohl die Geschädigten des Viertels sich zusammentaten, die Polizei einschalteten, Wachen aufstellten, ja sogar nachts Patrouille liefen, waren bald die Sockel aller Häuser mit Chiffren wie EXU und SCORT, DTECT oder SKM beschriftet.

Über den beiden Schaufenstern des Bäckers prangte eine Weile lang die Hieroglyphe: CAZE MERIM.

Wie ein Krebs überzogen die rätselhaften Schriftzeichen die von der Stadtsanierung betroffenen Viertel, was mich mit namenloser Wut erfüllte. Nachts lag ich am offenen Küchenfenster auf der Lauer. In aller Herrgottsfrühe zog ich mit Farbtopf und Pinsel über den Großen Graben und den Stadtmauerring bis zur Gerber- und Wollwirkergasse, um die Schriftanschläge der vergangenen Nacht zu tilgen. Was an diesen harmlos bunten Arabesken vermochte einen friedfertigen Menschen wie mich bis aufs Blut zu reizen?

Auch vor der Stadtsanierung hatte es Mauerinschriften gegeben: BULLEN=SCHWEINE, AUSLÄNDER RAUS oder JESUS LEBT. Doch das war auf dem dunklen Mauerwerk nicht weiter aufgefallen. Und es hatte einen gewissen Sinn gehabt. Es waren Kürzel, die über die weltanschaulichen Grundeinstellungen der Verfasser Aufschluß gaben.

Was mich an den Anschlägen der neuen Sprayergeneration empörte war ihr analphabetisches Gekrakel, das frech von frisch gestrichenen Häusersockeln blühte und meine Heiligtümer – Sprache, Schrift und Sinn – verhöhnte.

In welchem Maß mir die Angelegenheit unter die Haut ging, wurde in der Nacht klar, als ich einen Sprayer auf frischer Tat ertappte. Ein braungelockter Kerl mit Baseballmütze. Er rannte eine Weile leichtfüßig vor mir her, bevor er mit einem kecken Haken im dunkeln Gassengewirr verschwand.

Als ich schweißgebadet zu Hause ankam und unter die Dusche strebte, entdeckte Gisela das »i« auf meiner Schulter.

Zwei Tage nach meinem Besuch beim Hautarzt war bereits ein »Ich« daraus geworden.

Gestern abend las Gisela ein kurzes Satzfragment von meinem Rücken:

– Ich bin ein …

– Buch!

– Weiß ich, liebe Gisela, du sagst mir wenig neues.

– Ich rede ausnahmsweise nicht von dir, sondern vom Laden: Irgendwelche Idioten haben heute Nacht den Schriftzug über dem Schaufenster überpinselt und von *Buchantiquariat Büchertonne* nur das Wort *Buch* übrig gelassen.

– **Das ist**, schreie ich großlettrig, **fantastisch!** In der gleichen Nacht, in der Subjekt und Prädikat auf meinem Rücken prangen, erscheint das dazugehörige Akkusativobjekt auf der Ladenfront und fügt sich nahtlos in mein Leben ein!

– Mach dir deshalb keine Sorgen. Die Schrift scheint noch ein wenig durch. Ich steige hoch und ziehe sie mit brauner Farbe nach.

– Jetzt vergiß doch mal den Laden! Ich rede von meiner Verwandlung. Marcel Proust ist etwas ähnliches passiert: In seinen zerrütteten Geist brach eines Tages ein Teegebäck – und schwuppdiwupp mauserte er sich vom ruhelosen Gesellschaftslöwen in den still in der Bettengruft liegenden großen Dichter.

– Du bist kein Dichter!

– Aber ein Buch und vielleicht sogar ein geniales!

– Tschuldige, aber da kommt der Plavsic mit der Leiter …

– Der kann warten!

– Er klopft schon gegen die Scheibe.

– Gisela! Das Wort *Buch* über dem Laden beweist, daß meine Methamorphose nicht nur Ausdruck von etwas Subjektivem ist, wie eine durch Hysterie entstandene Hautschrift. Es ist viel mehr. Naturgewalt. Ein objektives Faktum. Gisela! Ich bin ein kosmisches Ereignis …

Zugeklappt!

◆⁘◆

Schon lange vor meiner Verwandlung betrachtete ich Tätigkeiten wie auf eine Leiter zu steigen und die Neonröhre der Ladenauslage zu wechseln oder eine neue Papierrolle in die elektronische Kasse einzulegen als feinmotorische Wundertaten, deren Erledigung ich gerne Gisela überließ.

Der Zugang zur Welt der realen Körper war mir weitgehend verschlossen. Kein Füllernachfüllen ohne Klecks auf Hemd und Hose. Armbanduhr und Brille waren am Morgen stets verschwunden. Bückte ich mich, um etwas aufzuheben, fiel gewiß etwas anderes herunter. Meine Art der Fortbewegung konnte man allenfalls als ›Anecken‹ bezeichnen. Die Gnade eines reibungslosen Umgangs mit komplexen Dingen wie Knöpfen, Schnürsenkeln und Reißverschlüssen war mir nicht gegeben.

Bücher waren die einzigen Gegenstände, die ich mit meinem Ungeschick verschonte. Im Umgang mit Büchern hatte ich ein regelrechtes Händchen. Nie habe ich ein Buch verlegt, mit Tinte bekleckst oder beschädigt. Ich wußte nicht nur den Standort jedes einzelnen Titels, sondern konnte ihn notfalls auch blind in dem betreffenden Regalfach finden. Ich behandelte alle Bücher behutsam, mit gleicher Zärtlichkeit, vom Ganzpergamentband bis zur drahtgehefteten Broschur.

Dies tat ich keineswegs selbstlos: Bücher waren Schutz und Lebensmittel. Beschirmt von der Bücherphalanx im Schaufenster, konnte ich entspannt im Lehnstuhl sitzen und mich am Extrakt fremden Lebens – Erinnerungen, Bekenntnissen und Biographien – laben.

Nichts fand ich gemütlicher, als im Schein der Lampe von Krankheit und Tod, von Not und Schmerz verblichener Existenz zu lesen.

Nichts macht hochmütiger! Lange glaubte ich, mir bliebe, da meine Regalwände die unzerstörbare, die wahre Welt enthielten, der Gang in die Niederungen des Einzelfalls erspart.

◆❖◆

Eine Hand, die mich ergreift und zwischen andere Bücher schiebt. Ein Gefühl, das entfernt an das Gequetsche in einem vollen Linienbus erinnert.

Aus dem Druck auf meine Einbanddeckel schließe ich,

daß ich nicht in einem der überfüllten Wandregale des Ladens gelandet bin, sondern inmitten meines aktuellen Lesefutters, in der Reihe der von zwei Buchstützen locker zusammengehaltenen Biographien auf dem Schreibtisch stehe. Merkwürdigerweise empfindet ein Buch das Aufrechtstehen, ähnlich wie der Mensch, als die einzig angemessene Körperhaltung. Die Position, in der das Buch flach auf dem Bauch liegt, wird – vor allem, wenn es lang andauert – als erniedrigend eingeschätzt.

Wie lang es dauert, bis mich die Hand wieder hervorzieht? Keine Ahnung! In zugeklapptem Zustand kann ich nicht hören und habe jedes Zeitgefühl verloren. Sekunden, Tage (oder Jahrzehnte?!) verrinnen, ohne Spuren zu hinterlassen. Natürlich ›hört‹ ein aufgeschlagenes Buch nicht im gleichen Sinn wie ein Mensch. Es ist – und das ist das schöne an meiner neuen Existenz – immun gegen Geräusch und Lärm. Plärrende Radios und bellende Hunde lassen es unbeeindruckt. Ein Buch nimmt ausschließlich Sprache wahr: Worte und Buchstaben, die es auf der geöffneten Doppelseite als eine Art Kribbeln empfindet.

– Dich wirds erst kribbeln, wenn ich dir den Brief der Bank vorlese!

– Oh je!

– *Sehr geehrter Herr Oger!*

Finanzielle Engpässe gibt es in jedem Geschäft. Was es nicht geben sollte, ist der Abbruch des Gesprächs. Haben Sie unsere Schreiben vom 8. und 18. dieses Monats (s. beigefügte Kopien) nicht erhalten? Bei Schwierigkeiten sucht man am besten gemeinsam nach einem Ausweg. Wenn es Ihnen recht ist, wird Herr Mönkeberg von unserem Dachverband …

– Was wird Herr Mönkeberg? Gisela!?

Die Hand läßt los, ich bleibe aufgeschlagen auf der Schreibtischplatte liegen.

– Kann ich Ihnen helfen? höre ich Gisela fragen und dann eine zweite Stimme, die ganz anders kribbelt:

– Haben Sie das Buch *Tausend Vollwertrezepte*?

Billigmist vom Buchverramscher. Führen wir nicht. Dies ist ein Geschäft für Bibliophile.

– Moment, ich seh mal nach.

Gisela ist imstande sich für solche Zumutungen zu bücken!

– Oder was anderes in der Richtung?

Haben wir nicht und jetzt raus hier!

– Leider nichts da.

– Oder etwas über Heil- und Küchenkräuter?

– Denken Sie an einen bestimmten Titel?

Falsch! Die Ladentür aufziehen und der Person viel Glück bei der weiteren Suche wünschen.

– Ich kenne mich da nicht so aus. Es ist für meine Schwiegermutter. Die hat's mit Gesundheit und Natur. Wie der Opa gestorben ist, hat sie das Grundstück in einen einzigen Heilgarten verwandelt. Vielleicht haben Sie von ihr gehört? Kräuteroma Dehnert.

– Der Naturteestand auf dem Wochenmarkt?

– Genau.

Wieso tut mir niemand den Gefallen und klappt mich zu, bevor sich noch weitere Seiten mit derartigen Trivialitäten füllen?

– Vor zwei Wochen stand ein Artikel über sie in der *Stadtpostille* … Momentchen … irgendwo muß er … Ach ja … hier: *Heilkraft der Kräuter. Oma Dehnert, eine moderne Hexe?* Sehen Sie? Das ist der Garten.

– Oh, der ist ja wirklich eine Pracht!

– Das Foto zeigt nicht mal die Hälfte: da hinten gehts noch weiter.

Schmeiß sie raus!!!

– Tasse Kaffee?

Gisela!

– Sag ich nicht nein.

– Milch und Zucker?

– Nur Milch.

Klappe mich gefälligst zu!

– Bedienen Sie sich.

– Danke.

Gisela muß einen Blick auf meinen Verzweiflungsschrei geworfen haben, denn ich werde heftig zugeschlagen und in die Reihe zurückgeschoben. Endlich! Heimkehr in mein Element. Rücken an Rücken mit Büchern wie der Dünndruckausgabe der *Bekenntnisse* des Jean-Jacques Rousseau und Mereshkovskijs *Gogol*-Biographie pfeife ich auf Herrn Mönkeberg. Ich bin heilfroh ein Buch zu sein.

◆⁘◆

– Das würde dir so passen!

Kräftige Daumen. Tiefe Vibrationen: eine Männerstimme.

– Wer spricht da?

– Dreimal darfst du raten.

– Max?

Die Antwort ist ein locker aus den Schultergelenken heraus gelachtes Beben.

– Etwas jünger.

– Gerold?

– Erraten!

Eine Überraschung. Ich hatte nicht zu hoffen gewagt, so bald von ihm zu hören.

– Gisela hat angerufen. Sag mal, was machst du denn für Sachen?

– Wenn ich das wüßte! Ich bin zwar ein Buch, muß aber andere bitten, mir zu erzählen, wovon ich handle.

– Du weißt nicht, was in dir drinsteht?

– Ich bin mit Müh und Not auf die Seite, die du gerade liest, gelangt. Von dem, was sich nach Seite 26 abspielt, habe ich keine Ahnung. Stell dir vor, ich weiß nicht mal, wie ich ende! Du hast nicht zufällig etwas Zeit?

Gerold ist der schnellste Leser, den ich kenne. Pro Nacht zwei, drei Romane sind für ihn kein Problem.

– Augenblick, ich setze mich in den Lehnstuhl.

– Wo ist Gisela?

– In der Wohnung. Macht sich was zu essen.

– Jetzt schon?

– Es ist 9 Uhr abends.

Das bedeutet: Sie hat mich zugeschlagen und ist nach Hause gegangen ohne mir ein Wort zu sagen.

– Sie muß essen. Sie ist fürchterlich erschöpft und aufgeregt.

– Sie hätte mich wenigstens mit rüber nehmen können.

– Diogenes, sie ist am Ende. Ein Schatten ihrer selbst. Wacht auf und ihr Mann ist ein Buch!

– Was ist so schlecht an einem Buch?

– Gisela braucht einen Mann.

– Das ist keine Antwort.

– Und wenn schon! Und jetzt laß mich bitte lesen …

Schon blättert sein kräftiger Daumen zum Anfang zurück. Ich spüre seinen Atem auf der ersten Zeile und weiß Gerolds Augen über mir: Augen, die jetzt gierig aus den Höhlen quellen und mit rasender Geschwindigkeit den Text einsaugen.

Ratz! – schlägt die bereits vorsorglich unter das Blatt geschobene Daumenkuppe die Seite um, schon liest er nächste Seite oben weiter.

Die Fähigkeit des ›Bücher-Durchschnorchelns‹ – wie Gerold die Schnelleserei nennt – hat er bereits in frühester Knabenzeit und unter ideal zu nennenden Bedingungen erworben. Die von den Eltern betriebene *Dombuchhandlung* war damals schon das größte und modernste Buchgeschäft der Stadt.

Ich kenne Gerold – soeben nimmt er Seite 9 in Angriff! – seit seiner Studentenzeit. Bevor er den Laden übernehmen durfte, ließen die Eltern ihn Betriebswirtschaft studieren. Während der Semesterferien hat er eine Art Praktikum bei mir gemacht, hat mich vertreten, wenn ich Nachlässe begutachten mußte, und sich auf den Trödelmärkten der Umgebung an meiner Statt hinter den Büchertisch gestellt.

Als gegen Ende seines Studiums Gisela seinen Platz einnahm, waren wir längst Freunde geworden, die sich regelmäßig zum Dämmerschoppen mit einer kurzen Schachpartie und einem langen Gespräch über Bücher trafen.

In unseren Lesegewohnheiten unterscheiden wir uns allerdings erheblich. Gerold ist der typische Vertreter des Lustlesers, der die Masse der Neuerscheinungen durchpflügt und blitzschnell in lesbar und unlesbar einteilt, um die Bücher, auf die seine Leselust anspringt in einer atemberaubenden Geschwindigkeit in sich ›hineinzuschnorcheln‹.

Die viel seltenere Spezies des Suchtlesers, zu der ich gehöre, steht unter dem Zwang zu wählen. Diese Art Bibliomane ist meist nur einem einzigen Genre des endlosen Büchermeeres – in meinem Fall: Biographien – verfallen, dies aber rückhaltlos und uneingeschränkt. Da die zur Verfügung stehenden Bücher begrenzt sind, neigt der Suchtleser meist zu exzessiver Vorratshaltung, was sein ökonomisches Überleben oft genug gefährdet.

Während der Lustleser immerhin noch selbst entscheidet, welches Buch ihn stimuliert und welches nicht, wird dem Suchtleser die Entscheidung von den sich im Regal drängenden Büchern aus der Hand genommen. Dem Suchtleser bleibt keine Wahl: Jedes Buch des verfluchten Genres muß er lesen, ob ihm das paßt oder nicht.

– Sag mal, geht das in diesem Stil so weiter?

Gerold ist auf Seite 21. Den Bruchteil einer Sekunde umweht der Luftstrom der Nasenlöcher den Satz *Ich bin ein kosmisches Ereignis!*, dann greift der Daumen ein und blättert weiter, auf diese Seite.

– Was ist? Gerold, was hast du?

Lang angehaltene Atemzüge schnauben auf mich nieder, bevor mich eine jähe Bewegung gegen die Schreibtischkante schlägt.

– Tut mir leid, ich kann nicht weiterlesen!

Hundertmal habe ich mit angesehen, wie Gerold ein Buch in dieser Weise gegen die Tischkante knallte, was nichts anderes hieß, als daß das betreffende Buch für ihn langweilig und auf alle Zeit gestorben war.

– Du findest ... ich bin schlecht geschrieben?

– Nun, um ehrlich zu sein ...

– Die Wahrheit!

– Tja, ich weiß nicht ob ...

– Wie schlecht?

– Eine unmögliche Schwarte. Aber keine Angst: Wir holen dich da raus!

– Danke. Laß mich bitte allein.

So bin ich! Statt froh zu sein, daß Gerold, trotz unserer Auseinandersetzung vor zwei Wochen, auf Giselas Notruf hin sofort herbeieilt und sich rührend um mich kümmert, spiele ich den Beleidigten, weil ihm das Buch, in das ich – ja schließlich nicht freiwillig! – verwandelt wurde, nicht gefällt.

Jämmerlich! Wie mein Verhalten bei unserem letzten Dämmerschoppen im *Gasthof zum Stern.* Bloß weil Gerold es gewagt hatte, einige im übrigen sehr vernünftige Vorschläge zu machen, wie ich den Laden über Wasser halten könne, war ich aufgesprungen und hatte ihn vor allen Gästen lautstark aufgefordert, seine ›Schildrüsenüberfunktion an jemand anderem auszulassen‹.

Dabei hatte er sich recht behutsam zu dem Punkt vorgetastet, den anzusprechen Gisela ihn gebeten hatte.

– Dr. Hess, der neue Assistent am Lehrstuhl Schroedel, war heute bei uns. Er schien ziemlich aufgeregt. Hat zwei Bücher bestellt: *Lebenserinnerungen* des Karl Gustav Carus und die *E.T.A.-Hoffmann*-Biographie von Rüdiger Safranski.

– Na und?

– Er behauptete, er sei zuvor bei dir gewesen …

Der arrogante kleine Kerl war durch den Laden geschossen und gradewegs auf das Regal zumarschiert, in dem ich meinen frisch erworbenen Nachschub aufbewahre. Bevor ich es verhindern konnte, hatte er den Safranski herausgerissen und mit einer wieselflinken Bewegung neben die Kasse gelegt.

– Und du hast dich geweigert, ihm das Buch zu verkaufen?

– Das war mein Biographienregal. Dort stehen die für mich privat gekauften Bücher. Das habe ich ihm auch gesagt.

– Worauf Dr. Hess brav vor die anderen Regale tritt und sich zwei Bücher aussucht, die du ihm wieder nicht verkaufst!

Wie konnte ich vorhersehen, daß das gierige Germanistenfrettchen solche Schätze wie die *Selbstbiographie* des Sulpiz Boissereé und Franz Bleis *Novalis* herausgreifen würde?

– Laut Gisela kommen solche Szenen in letzter Zeit öfters vor. Diogenes! Wenn du deine Regale ausschließlich mit persönlichem Lesefutter vollstopfst und dich zudem noch weigerst, auch nur ein Exemplar davon zu verkaufen, kommst du nie auf einen grünen Zweig!

Vielleicht war es die Erwähnung von Gisela, die mich aufspringen und aus der Rolle fallen ließ. Vielleicht war es der pure Neid. Seit Gerold die bildhübsche Sabine, Weinkönigin des Nachbarstädtchens, an den Traualtar geführt hatte, war er so etwas wie eine lokale Berühmtheit in unserer Stadt.

Die *Dombuchhandlung* unter seiner Leitung boomte. Erst vor kurzem hatte er die Genehmigung zum Betreiben eines Bücherkiosks auf dem Universitätsgelände erhalten und im neugebauten Euroeinkaufszentrum eine Filiale aufgemacht.

Nachdem ich ihn angeschrien hatte, war ich aus dem *Stern* heraus und quer durch die Altstadt gelaufen, direkt in den Laden.

Ich hatte die Tür hinter mir zugesperrt, die Ausgabe der *Jugenderinnerungen eines alten Mannes* von Wilhelm von Kügelgen aus dem Regal gezogen, aufgeblättert und daran gerochen.

Der Duft versetzte mich zurück in meine Kindheit, den glühend heißen wundersamen Ferientag, da ich auf dem Speicher der Großmutter nach Schätzen suchte und eine geflochtene Weidentruhe voller Karl May-Bände entdeckte. Noch einmal sog ich den herben Geruch ein. Strich mit den Fingerkuppen sanft über das rauhe Papier, schloß das Buch behutsam und stellte es mit einer leichten Verbeugung auf seinen Platz zurück.

Was wußte ein Gerold von solchen Vergnügungen? Äußerlich betrachtet hatte er natürlich recht: Nach meinem letzten Fischzug war über die Hälfte der Regalfläche des Ladens mit meiner Privatbibliothek, mit Lebenserinnerungen und Biographien, angefüllt.

Was sollte ich denn machen? Drüben in der Wohnung, wo wir uns sogar in der Küche an einem E-förmig in den Raum greifenden Regal vorbei drücken mußten, war für solche Mengen längst kein Platz mehr. Aber hätte ich den Jahrhundertnachlaß des Prälaten Knipfer sausen lassen sollen? Den *Anton Reiser* aus dem Jahre 1785? Die 12-bändige Leipziger Ausgabe der *Mémoires* des Casanova von 1828? Die *Geständnisse* des Grafen Mirabeau, Lord Byrons *Tagebücher, Leben und Briefe* Darwins, alles in deutscher Erstausgabe? Insgesamt über 1200 Bände Biographien und Memoiren? Nie und nimmer!

Obwohl die Kaufsumme meine Mittel erheblich überstieg, war mir die Lebensernte dieses passionierten Sammlers, was ihren realen Wert betraf, geradezu in den Schoß gefallen.

Schon als ich den Wagen in den Hof der mit zwei großen Satellitenschüsseln bestückten Molkerei fuhr, wußte ich, daß dies ein Glückstag war. Die Würdenträger der katholischen Kirche haben für den Buchantiquar den großen Vorteil, daß sie oft aus bäuerlichen Familien stammen, die von der Bedeutung der hinterlassenen Bücher keine Ahnung haben. Bevor ich aussteigen konnte kamen mir der Neffe Knipfers und seine händeringende, schweratmende Frau entgegen, die sogleich mit hoher weinerlicher Stimme ausrief, das Ganze sei eine Katastrophe: sie wüßten ja nicht, wo sie den – wie sie sich ausdrückte – ›Krempel‹ des verstorbenen Onkels hintun sollten.

Alles, was sie behalten wollten, waren ein Bildband mit dem Titel *Schlösser in Deutschland* und die Memoiren der Schauspielerin Hildegard Knef gewesen.

◆❖◆

– So, mein Junge!

Hände, die mich grob aufreißen, die Buchdeckel so weit auseinander biegen, daß ich die Spannung im Rücken spüre.

– Laß mal ansehen … oh weh, oh weh.

Ein rissiger Finger wischt über die Seite. Dann, über mich hinweg gesprochen:

– Wie ich vermutet habe. Es ist die Haut.

– Sie meinen, es bestehen Chancen?

Giselas Stimme!

– Den kriegen wir schon wieder hin!

Die Hände schlagen die Buchdeckel schnell und rhythmisch auf und zu. Was von außen betrachtet aussehen mag wie der rasende Flügelschlag eines gefangenen Vogels, ist in der Binnenperspektive reine Folter. Das Gefühl, als würden einem die Arme ausgekugelt.

– Um Himmelswillen, was machen Sie denn da?

Gisela, ich liebe dich!

– Gymnastik. Das belebt den Kreislauf.

Das heftige Reißen läßt die Nähte der Fadenheftung in meinem Rücken krachen.

– Hören Sie bitte auf!

Ich fliege durch die Luft und lande hart auf dem Tisch.

Die Stimme spricht, sich rasch entfernend:

– Sie trauen Oma Dehnert nicht? Na, dann sehen Sie mal zu, wie Sie ihren Freund wiederkriegen.

Lastende Stille. Als ich denke, die Gefahr sei nun vorüber, werde ich ergriffen, mit raschen Schritten durch den Raum getragen und in rissige Hände gelegt.

– Bitte bleiben Sie!

Gisela! Was macht sie da? Liefert mich der Verrückten aus, die mich schon wieder biegt und dehnt und auf und nieder beutelt, wie ein geköpftes, noch flatterndes Huhn.

– Ohne Fleiß kein Preis. Das kann ich Ihrem Lebensgefährten nicht ersparen. Wenn er nicht ins Schwitzen kommt, wirkt die Kräutertinktur nicht.

Als sie endlich von mir abläßt, ist mein Umschlag zerknittert, der Buchrücken gestaucht und diese Seite hat unten ein Eselsohr.

– Halten Sie mal, ich bereite den Wickel vor.

Gisela übernimmt mich.

– Was zum Teufel macht ihr da?

– Oma Dehnert wird dir einen feuchtheißen Kräuterwickel machen. Du wirst bald wieder bei uns sein.

Einem Buch feuchtheiße Wickel! Sind die wahnsinnig geworden?

– Sie wird dich heilen, Diogenes.

– Ich werde aufweichen und völlig aus dem Leim gehen!

– Das Risiko werden wir eingehen müssen.

– Und wenn ich lieber Buch bleiben will?

Finger, die sich wie ein Schraubstock um den Buchblock krampfen.

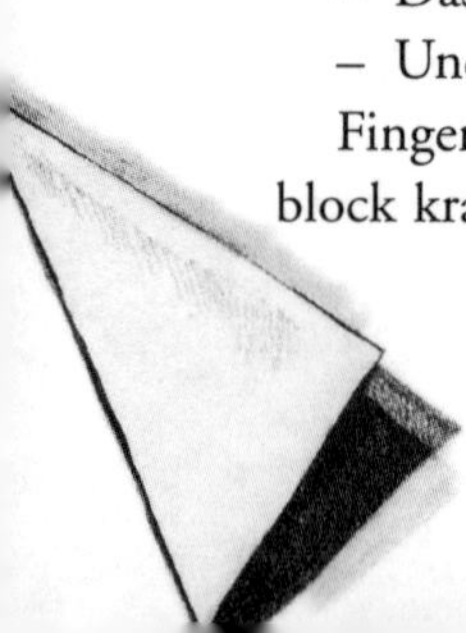

– Ich will dich wiederhaben und dazu ist mir jedes Mittel recht.

Sie reißt mich hoch an ihren Mund und bedeckt mich mit Küssen.

– Ich bin so weit! höre ich Oma Dehnert rufen. Legen Sie ihn dort auf das Handtuch.

– Machs gut Liebling! flüstert Gisela und setzt mich sanft auf einer weichen Frotteefläche ab.

– Dann wollen wir mal!

Ich spüre die Hitzestrahlung lange bevor sich der dampfend heiße Wickel um den Buchblock schlingt ...

Die Kräutertinktur beizt das Papier mit dem unerträglich bitteren Geschmack von Anis und beißendem Wurzelsud. Brennende Schmerzen, als die heiße Soße in mich eindringt. Die feuchte Leinenpackung drückt tonnenschwer auf meine Brust. Verzweifelte Todesangst entfesselt meine Kräfte und läßt Undenkbares geschehen: Ich bäume mich auf und ...

– Da! Schauen Sie nur: er zuckt!

– Oh mein Gott! Weiter so Diogenes! Du schaffst es!

– Klar schafft er es. Was haben Sie gedacht?

– Wollschal und Heizdecke, schnell!

Ein stacheliges Wolltuch wird auf mich herabgedrückt, darauf die glühend heiße Heizdecke gepackt, von einem bösen elektrischen Summen erfüllt.

Die Stimmen klingen gedämpft, als kämen sie durch eine Wand hindurch.

– Sie werden sehen: die Kräuterwärmebehandlung bewirkt wahre Wunder. Eine Nichte von mir, hübsches Mädchen, hatte auch so eine Hautgeschichte. Fünfmarkstückgroßes Schorfmal auf beiden Wangen. Tabletten, Salben, Bestrahlungen, eine Badekur im Toten Meer – nichts hat geholfen. Bis sie endlich zu mir kam.

– Und wann glauben Sie, daß er …?

– Sie müssen ihn zwölf Stunden liegen und die Kräuter wirken lassen. Morgen früh könnt ihr euch wieder in die Arme schließen.

◆❖◆

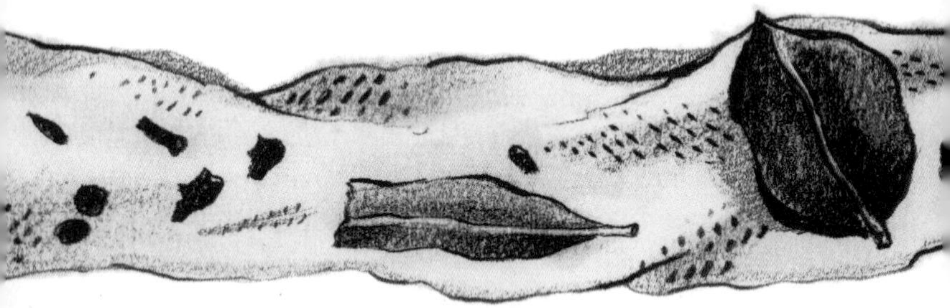

Es gibt nichts schlimmeres für ein Buch als Feuer oder Wasser. Feuer wird als eine jede Grenze sprengende Steigerung der Aufnahmefähigkeit empfunden. Es ist, als ob Milliarden Worte gleichzeitig auf den in sämtliche Himmelsrichtungen fliegenden Seiten um Platz kämpften. Worte, die das Buch mit druckschwarzen Buchstaben übersäen, bis es zu Ruß verglimmt. Wasser steht für ein allmählich einsetzendes Stumpfwerden und Ertauben, in dem sich die Seiten auflösen und langsam zu Pulpebrei vergehen.

Was ich Oma Dehnert nie verzeihen werde, ist die teuflische Kombination der beiden Foltermethoden, mit der sie die barbarische Angewohnheit des Einstampfens ganzer Auflagen mit den verbrecherischen Bücherverbrennungen der Nazis verbindet.

Der Kräutersud brennt auf den Seiten. Feuchtigkeit wellt mein Papier …

◆❖◆

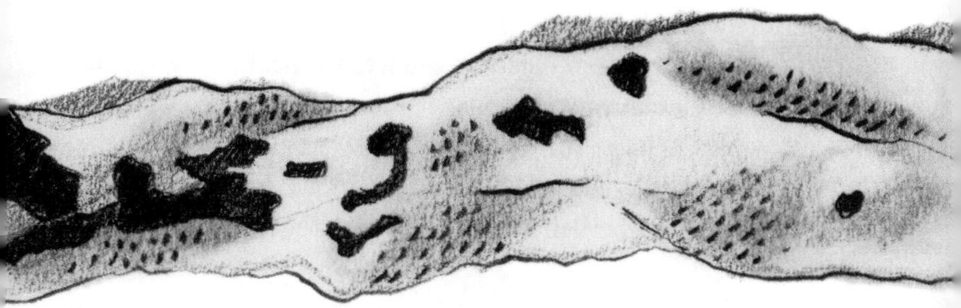

– Wo bin ich?

Gisela hat die Heizdecke weggezogen, den Kräuterwickel abgerissen und hält mich jetzt – hoffentlich erschüttert! – in den Händen.

– Bin ich wieder Mensch?

– Verzeih mir, Liebling.

– Ich bin immer noch ein Buch?

– Es tut mir so leid!

– Na und mir erst! Sieh dir mal diese beiden Seiten an!

– Bitte glaube mir, ich wollte nur …

– Sieht aus, als wäre eine Rinderherde über mich hinweg getrampelt! Wasserschäden! Kräuterflecken! Aufgequollenes Papier mit dem Abdruck der feuchten Kompresse!

Ihre Fingerkuppen streichen sanft über die verletzte Seite.

– Du mußt mich verstehen, ich war verzweifelt.

– Kein Grund, diese Vorstadthexe über mich zu lassen!

– Ich habe eben gedacht, sie könnte helfen.

– Du hättest fragen können, ob ich diese Art von Hilfe wünsche.

Auf Druck der Zeigefinger federe ich nach oben, direkt vor ihr Gesicht.

– Ich habe es für dich getan.

Für mich getan! Wie den Casanova hinter meinem Rücken verscherbeln. Das hatte sie angeblich auch für mich getan.

– Ich werde jetzt ausnahmsweise mal nicht in die Casanova-Diskussion einsteigen, sondern meine Kraft auf deine Rettung konzentrieren.

– Wer sagt, daß ich gerettet werden will?

Sie packt mich an beiden Buchdeckeln und schüttelt mich. Ihr Atem pustet aggressiv auf mich herab. Sie schreit:

– Du bleibst kein Buch! Verlaß dich drauf!

◆⁘◆

Ich war 42 Jahre alt und glaubte, die nötige Schwere für eine genüßlich im Lehnstuhl verbrachte Leserexistenz erreicht zu haben, als Gisela leichtfüßig in meinen Laden trat.

Es half nichts, daß ich mich hinter das als Sichtschutz vor den Schreibtisch plazierte Bücherregal duckte. Auch die eiligst vor das Gesicht gehaltene *Oswald Spengler*-Monographie konnte mich nicht schützen. Längst hatte mich die nachlässige Gebärde des träge nach einem der schmalen Insel-Bändchen greifenden Frauenarms in den Bann geschlagen.

Sie mußte etwas bemerkt haben, denn sie hatte sich vorgeneigt, mich durch eine Lücke des zwischen uns stehenden Regals angelächelt und etwas zu mir gesagt. Ich starrte ihr auf dem Regalbrett aufliegendes Kinn an und verstand, dem Rhythmus ihres Satzes lauschend, kein Wort von dem, was sie sagte. Ein warmes Surren lag in ihrer Stimme, schwirrend wie ein fern aufflatternder Flügelschlag, etwas, das direkt unter die Haut ging. Noch heute kann ich – ein ausgewiesener Musikhasser – die Melodie jenes ersten durch die Bücherlücke gesprochenen Satzes brummen.

Meine ersten Worte fielen hinter dem Ungetüm von Ladenkasse, das wie eine silberfarbene Bastion die rechte Schreibtischseite vor neugierigen Blicken schützte. Sie umrundete das Regal und drückte mir Manuel Puigs *Der schönste Tango der Welt* in die Hand.

– Das macht dann genau sechs Mark.

– Das ist keine Antwort auf meine Frage.

Was hatte sie mich gefragt? Ich habe es bis heute nicht erfahren.

Ehe ich mich versah, war der Laden abgeschlossen und wir saßen uns beim Bäcker Ertl, in der zur Fußgängerzone ausgebauten Goldenen Bärengasse, auf weißen Plastikstühlen gegenüber.

Sie war zwölf Jahre jünger als ich und hatte das Inferno einer gewalttätigen Ehe hinter sich. Ihr Mann, Inhaber eines Sportartikelgeschäftes, ein hübscher, aber primitiver Bursche habe sie – wie sie stolz betonte – genau e i n Mal ins Gesicht geschlagen. Die Ohrfeige sei noch nicht verhallt und sie schon fort gewesen. Das Geschäft sei schlecht gelaufen, die Ehe kinderlos geblieben. Daher bekomme sie nur wenig Unterstützung und suche, wie sie seit einer geraumen Weile versucht habe anzudeuten, einen Job.

Wie eine Taschenspielerin hielt sie plötzlich ein in eine Klarsichthülle eingelegtes Zeugnis in Händen und legte es vor mich auf den Tisch. Sie liebe alte Sachen und habe das Jahr nach ihrer Ehe einige Monate bei einem Antiquitätenhändler gearbeitet, bis dieser überraschend verstorben sei.

Zu meiner Verblüffung sagte ich zu und stellte sie für nächste Woche ein. Zwar hatte mich Gerold, der mir bisher geholfen hatte, gerade verlassen, andererseits war ich mit meinem Steuerberater übereingekommen, daß sich die *Büchertonne* eine bezahlte Aushilfe nicht mehr leisten konnte.

Aber schon die ersten Wochen zeigten, daß das Gegenteil der Fall war und die hübsche junge Frau in meinem Laden die meist männliche Kundschaft zu vermehrtem

Buchkauf anregte und den Umsatz zum Steigen brachte.

Besonders war ihr ein gewisser Professor Kien verfallen, ein hagerer, vornübergebeugter Mensch mit einer unausrottbaren Neigung zum väterlichen Handauflegen. Der ältliche Junggeselle, Privatdozent bei den Sinologen, hatte vorher alle paar Wochen mal bei mir vorbeigeschaut und, wenn es hochkam, ein Taschenbüchlein mitgenommen. Jetzt tauchte er so gut wie jeden Tag hier auf, kaufte die Bücher stapelweise und legte Gisela bei jedem Buch, das er aus Kästen und Regalen fischte, triumphierend eine knöchrige Hand auf die Schulter. Eines Abends stand er mit Blumen vor dem Laden, um sie abzuholen …

Als ich sie am nächsten Tag im Scherz darauf ansprach, ob das ihr neuer Freund sei, schlug sie mir die Karteikarten, die sie gerade in der Hand hielt, neckisch um die Wangen, schlang die Arme um meinen Kopf und küßte mich.

– Ach Dummerjan … du Dummerjan!

Sie hielt kurz inne, zog die Nickelbrille von meiner Nase, senkte wie eine Verdurstende ihren Mund auf meinen. Sekunden später standen wir keuchend in dem fensterlosen Nebenraum mit den Klassikerausgaben, aneinandergepreßt wie Goethe, Schiller, Shakespeare, Dostojewski.

Ich sei ein schrecklich süßer Teddybär, wisperte sie mir ins Ohr. Klug und belesen. Eine Art Weiser. Sie sei von Anfang an von mir fasziniert gewesen.

Als die Ladenglocke einen hereinkommenden Kunden meldete, fuhren wir auseinander.

Den Rest des Nachmittags berührten wir uns nicht

mehr. Erst als wir abends auf der Gasse standen und ich die Tür zusperren wollte, schlich sich ihre Hand in meine. Bevor ich erfassen konnte, was sie mir damit sagen wollte, stürzten wir über die enge Gasse, die Stiege hinauf in die Wohnung, rissen uns noch im Flur die Kleider vom Leib und liebten uns.

Die erste Nacht feierten wir bei *Roberto*, dem Lokal mit den riesigen Nudelportionen, das schon bald ›unser Italiener‹ wurde.

◆❖◆

– Ciao professore!

Endlich! Nach nervenzermürbendem Gerüttel werde ich aus einem nach Leder duftenden, mit spitzen Gegenständen vollgestopften Behältnis (Giselas Handtasche?) hervorgeholt und aufgeschlagen auf ein glattes Tuch gelegt.

– Roberto?

– Lange nicht mehr gesehen. Wie geht es dir? Siehst gut aus.

– Du findest ich … sehe gut aus?

– Und wie! Bellissimo! Weißt du was? Das muß gefeiert werden: una festa! Ich habe cipollata gemacht – extra für dich!

Cipollata heißt die mit frischem Basilikum bestreute Zwiebelsuppe, die jahrelang mein Lieblingsantipasto bei Roberto gewesen ist.

– Ich lasse dir, der Signora und dem jungen Herrn Roth zwei Riesenteller bringen: porzioni speciali.

Gerold ist also auch dabei. Hätte ich mir denken können. Es ist nicht Giselas Art, alleine auszugehen.

Was möchtest du als primo piatto? Ich habe zu bieten: Tagliatelle con ragù, Tortellini con ricotta e spinaci, Gnocchi verdi …

– Hör auf!

– Ma perché? Bist du krank? Hast du keinen Hunger?

– Laß den Unsinn! Siehst du nicht? Ich bin ein Buch!

– Ma va! Das ist doch … lächerlich, ridicolo!

Etwas pocht gegen den Tisch, ich nehme an sein Ellenbogen, den er einem, wenn er den fröhlichen Südländer spielt, schon mal in die Rippen rammt.

– Meinst du, ich stelle mich hin und koche cipollata für ein Buch?

Eine warme Hand legt sich begütigend auf mich.

Für welchen primo piatto hast du dich entschieden? Tortellini? Gnocchi verdi?

– Für gar nichts!

– Professore! Willst du mich beleidigen?

– Ein Buch hat keinen Hunger!

– Das möchte ich sehen! Ich habe eine Lieferung eingelegter Trüffel aus Piemont bekommen. Hier versuch mal.

Auf meine Seite plumpst ein Trüffelstückchen. Die prompte Reaktion verrät mir, daß wir uns im Nebenzimmer mit dem Antipastibuffet befinden.

– Und? Buono eh?

Unter dem Trüffelstück breitet sich ein Fettfleck aus und einen Augenblick lang schmecke ich den unverwechselbaren Geschmack von weißem Alba-Trüffel auf meinen Fasern.

– Mach sofort die Schweinerei weg!

Das Trüffelstück verschwindet. Etwas Weiches – ein Papiertuch? – tupft das Öl von meiner Seite. Längere Pause. Dann Getuschel: Mehrere Personen in weiter Entfernung, wahrscheinlich vor der Küchentür. Deutlich kann ich die Worte ›… tatsächlich was geschmeckt!‹ verstehen. Man berät, wie das Experiment fortgesetzt werden soll. Plötzlich ist Roberto wieder da.

– Vielleicht willst du auch nur was trinken. Ich habe einen herrlichen Wein hier. Stupendo! Einen 1990 Barolo. Annata grande! Der Tropfen ist einfach, mmmhh, eccezionale! Momento, ich schenke dir ein …

Der feuchte Boden eines Glases wird auf mir abgestellt. Dann Wackeln und ein Spritzer …

In der Tat ein körperreicher, kraftvoller Barolo, der sich sehen lassen kann.

– Ist das ein Tropfen? Was sagst du?

Armer Roberto. Das Rezept ist zu simpel. Keine Aromatherapie der Welt kann aus einem Pfund Papier wieder einen Esser oder Trinker machen.

– Klapp mich zu und kümmere dich um deine Gäste.

An dieser Stelle geht sein Temperament mit ihm durch. Er muß die Weinflasche zum Schlag erhoben haben, denn ich höre deutlich Giselas Stimme aus dem Hintergrund kribbeln:

– Nicht die Flasche! Um Himmelswillen, nein!

Und irgendwo über mir ruft Gerold (der ihm womöglich in den Arm fällt?):

– Das reicht, Roberto! Vielen Dank.

Das feuchte Weinglas wird von mir weggerissen.

– Che libro di merda!

Jemand packt mich grob am Falz, hebt mich dicht vor sein Gesicht, stößt erhitzten Atem auf das Papier.

– Senti, stronzo! Ich habe extra drei Stück vom Lieblingsnachtisch Torta di riso aufgehoben. Die wird jetzt der junge Herr Roth genießen!

◆❖◆

Die ersten Zweifel an meiner unbeschwerten Verliebtheit kamen mir, als ich Boswells *The Life of Samuel Johnson* auf Seite 355 nicht mehr weiterlesen konnte. Eine der bedeutendsten Biographien der Weltliteratur langweilte mich! So etwas war bei mir noch niemals vorgekommen.

Giselas Umarmungen und Küsse hatten mich aus der schützenden *Büchertonne* heraus in ihre Welt gezogen, die aus endlosen Spaziergängen, Kino und Musik bestand. Nicht daß ich es nicht genossen hätte, an der Seite einer grazilen hübschen Frau den Völztalweg entlang zu promenieren, und selbstredend schmeichelte es, unter verwunderten Blicken der männlichen Konkurrenz mit Gisela zur Nachtvorstellung ins *Excelsior*-Kino einzulaufen.

Aber mußte ich wirklich ihrem Drängen nachgeben und an der Volkshochschule einen Tangokurs belegen?

– Rechter Fuß rasch schräg zur Mitte vorwärts und kreuzen mit dem linken Fuß – was machen Sie denn da?!

Der Tanzlehrer, ein feister, aber beweglicher kleiner

Herr, ließ das genießerische Lächeln, das beim Tanzen stets um seine Lippen spielte, verschwinden und blickte mich mit gerunzelter Stirn an.

– Darf ich fragen, wo sich Ihr rechter Fuß befindet?

Ich senkte den Kopf und starrte auf die riesigen Schuhe, die ständig auf zarte Frauenfüße traten: zwei schwarzglänzende Torpedos, die ein zerstörerisches Eigenleben führten.

– Heben Sie bitte Ihren rechten Fuß.

Gisela stupste mich in die Seite. Ich blickte auf, sah, wie sie Zeichen machte, die ich nicht verstand, hob schließlich aufs Geratewohl ein Bein.

– Pardon, das ist der linke … es geht hier um den rechten Fuß.

Ich fühlte, wie mir der Schweiß ausbrach, wie Panik jegliches Bewußtsein löschte. Alles starrte auf mich und ich starrte, schweratmend und trotzig in der Mitte der Tanzfläche stehend, zurück: Ein Stück Vieh, das seinen Metzger aus blutunterlaufenen Augen anglotzt.

– Wir werden ihm die Schrittfolge noch einmal vorführen.

Musik setzte ein. Der Tanzlehrer nickte mir zu, nahm Gisela mit müdem Augenaufschlag in den Arm, schob sie mit lässiger Eleganz über das Parkett.

Als ich sah, mit welch kindischem Stolz Gisela, von dem selig lächelnden Fatzke angestachelt, die gewagten Beckenbewegungen des originalen *Tango con corte y quebrada* vollführte, begriff ich, daß sie aus jeder Verankerung gerissen und im Grunde völlig haltlos war.

Und ich? Ich war in dies ruderlos dahintreibende Boot

gesprungen und hatte mich in die reißende Strömung ziehen lassen! Welcher Teufel hatte mich getrieben, die Stille meiner Klause, die majestätische Ruhe der Bücherwelt gegen das sinnlose Gewimmel real existierender Gesellschaftstänze einzutauschen?

Wieso hatte ich mich freiwillig aus meinem Schnekkenhaus auf die Tanzdiele begeben, mich weichen hilflosen Mollusken dem scharf zupackenden Stakkato dieser Rhythmen ausgesetzt? Dabei hatte ich die Tanzmusik theoretisch längst als primitiv und geistlos abgehandelt. Seit der Schulzeit teile ich die Menschheit in Mitwipper und Nichtmitwipper ein. Die überwiegende Mehrheit der Mitwipper kann nicht anders, als bei Musikbeschallung in Schunkeln auszubrechen und sklavisch mitzuwippen.

Der Nichtmitwipper hingegen, meist ein einzelner kühler Kopf, schlendert, wenn es sein muß, ohne die geringste Gemüts- und Körperregung durch das infernalische Pressluftgehämmer eines Speedmetal-Konzerts und liest Hebbels *Tagebücher*. Die Verwandlung mehrerer Personen in einen einzigen, von rohen Rockgewalten hin- und hergeworfenen Körper war mir seit jeher als obszöner Akt erschienen. Rhythmus war nichts anderes als eine Einladung zur Selbstaufgabe und Tanzekstase der verzweifelte Versuch menschlicher Muskelfaser, sich vom Gehirn zu trennen.

Während Gisela und der Tanzlehrer zu den Schellackklängen eines *orqueda Osvaldo Pugliese* vorführten, wie die ›außenseitliche Linksdrehung‹ und die ›Promenaden-Rechtsdrehung‹ idealerweise auszusehen hätten, übermannte mich das heftige Verlangen nach Rückzug und innerer Einkehr: der beinah schon körperliche Drang nach Lektüre.

Je müheloser Gisela über das Parkett glitt, desto stärker packte mich die Sehnsucht nach dem so schnöde abgebrochenen Buch von Boswell, desto mehr dürstete mich nach der gut abgehangenen Langeweile eines beruhigend abgeschlossenen Lebenslaufes, wie der Vita des guten alten Doctor Samuel Johnson, der als Zeitgenosse Shakespeares weder Tango tanzen noch zwischen Links- und Rechtsabbiegern unterscheiden mußte.

Ich fliege!

Ich segle zweimal langsam um meine Achse kreisend durch die Lüfte, schlage mit der Kante auf einer federnden Fläche auf, hüpfe noch einmal kurz in die Höhe, falle dann auf die Seite und komme auf etwas sehr Glattem, sehr Weichen zu liegen.

Ich liebe seidene Bettwäsche!

Ehe ich wieder zu mir komme, schwankt erneut der Boden unter mir und schleudert mich aus meiner Lage. Ich rutsche eine seidige Hügelbahn hinab, wo eine Hand mich auffängt, hochhebt, sich um meinen Rücken schmiegt. Eine zweite Hand gesellt sich hinzu, streicht zärtlich über meinen Einband. Ein schnippischer Daumen bohrt sich in den Buchblock, läßt Blatt für Blatt über einen langen Nagel springen, bis zu *dieser* Seite …

Ich werde behutsam aufgeklappt.

Zwei Handballen, die mich sanft massieren, meine Elastizität auf die Probe stellen, indem sie den Buchblock biegen.

– Gisela?

Ich zittere im Takt eines harten Herzschlags, spüre Blut in Fingerkuppen pulsen.

– Jetzt sag doch was!

Atem hechelt: Heiße Lippen. Küsse! Überallhin: Küsse! Auf Falz und Satzspiegel, auf Bundsteg, Kopfsteg, Fußsteg, auf Buchdeckel wie Buchrücken regnen Küsse!

Dann werde ich von den Lippen weggerissen und vergrabe mich in etwas wogend Feuchtes. Zwei radiergummiharte Knospen rubbeln kühl wie Hundeschnauzen über das Papier und plötzlich weiß ich: Gisela preßt mich gegen ihre nackten Brüste! Ihr Herz pocht gegen die Buchdeckel. Ich kann den Duft ihres Parfüms schmecken, den feinen Schweiß auf meinen Fasern spüren.

Eine Fingerspitze krabbelt meinen Falz entlang bis zu der Stelle, wo sich früher mein Geschlecht befand. Es kitzelt ein wenig. An der linken Einbandecke, wo einst mein linkes Ohr war, knaupeln Zähne. Zartes Knabbern, abgelöst von unzähligen nervösen kleinen Bissen. Lange Fingernägel kratzen über meinen Rücken.

– Komm, ja komm zu mir … höre ich sie murmeln.

Sie bedeckt mich mit Küssen, preßt mich an sich, schwenkt mich unvermittelt auf Augenhöhe.

– Komm zurück, Diogenes!

Kräftige Daumen biegen die Buchdeckel nach hinten.

– Ich brauche dich.

Etwas, das sich anfühlt wie ein nasses Frotteehandtuch,

schlappt über den Falz zwischen meinen Seiten: Ihre Zunge! Gisela leckt mich! Das hat sie bisher noch nie getan!

– Ich würde alles tun, um dich wieder bei mir zu haben.

Das raffinierte Aas! Ich glaube ihr kein Wort und beschließe, sie auf die Probe zu stellen:

– Was für ein Tag ist heute?

Wie eine erschrockene Eidechse huscht die Zunge weg.

– Was spielt denn das für eine Rolle?

Das will ich ihr gern erklären:

– Falls heute der 18te sein sollte und hier dieser Mönkeberg auftaucht, müßte ich in Menschengestalt vorliegen. Und sei es nur, um den Antrag auf Stundung des Kredits zu unterzeichnen.

Sie läßt mich fallen wie eine heiße Kartoffel. Weiches Seidenbettzeug schmiegt sich um mich und dämpft ihre Worte.

– Glaubst du ernsthaft, ich wäre mit dir ins Bett gegangen, nur weil dieser – wieheißterdochgleichwieder …?!

Sie nimmt mich zur Hand, fährt mit dem Zeigefinger die Zeilen entlang, hält beim Namen Mönkeberg inne.

– Allerdings.

Eine ganze Weile befürchte ich, sie wird aufspringen und mich aus dem Fenster auf die Gasse schleudern.

Aber als ich hin- und hergerüttelt werde, merke ich, daß ihre Schultern zucken und sie weint. Eine salzige Träne tropft auf mich herab.

– Wenn er dich diesmal wieder nicht vorfindet, ist der Laden, den wir uns all die Jahre aufgebaut haben, verloren! Wenn Mönkeberg diesmal keine Unterschrift von dir erhält, können wir die *Büchertonne* schließen ...

Und wenn schon! Schließlich kann es einem Buch egal sein, in wessen Regal es eine Nische findet.

– Bitte, Diogenes!

Die Zunge schießt vor und leckt die bewußte Stelle. Befriedigt stelle ich fest, daß es ein pelziges Kribbeln erzeugt, nichts weiter. Nach einer Weile hört das Gelecke auf.

– Du fühlst nichts?

Als ich noch aus Fleisch und Blut war, hätte der Anblick ihrer nackten Schultern ausgereicht, um mich in Feuer und Flamme zu versetzen. Ein Zustand, der mich ihr hilflos ausgeliefert hatte. Doch jetzt bin ich glücklicherweise aus Papier und damit hat die Sklaverei ein Ende.

– Ich hasse dich!

Ich fliege! Wirble mit fliegenden Seiten durch die Lüfte, pralle hart an eine Kante, stürze rücklings in ein Gefäß, das ich, seiner geflochtenen Wände wegen, als den Papierkorb neben dem Schminktisch identifiziere.

◆ ◆ ◆

Zu meiner Ehrenrettung sei gesagt: ich habe von Anfang an, als ich noch gar nicht wissen konnte, daß Giselas Lebensziel darin bestehen würde, mich vom Lesen abzuhalten, wie ein Löwe um jede Minute Lesezeit gekämpft.

Unmittelbar nach Abschluß des Tanzkurses habe ich die Teilnahme an *Tango II (Für Fortgeschrittene)* mit dem Hinweis abgelehnt, ich hätte es satt, sie zweimal pro Woche wie ein schlingernder Satellit zu umkreisen.

Im Jahr darauf untergrub ich ihre teenagerhafte Begeisterung für Kino, indem ich sie während der Vorstellung bat, mir zu erklären, wieso der knappe Drehbuchsatz: ›Sie geht die Strasse hinunter‹ im Film ganze (mitgestoppte!) 123 Sekunden dauern müsse.

Schließlich gelang es mir, die Spaziergänge einzustellen. Sie hatte eine blühende Wiese ›toll‹ gefunden und ich dies dürftige Eigenschaftswort mit der Bemerkung kommentiert, ich zöge die Naturbeschreibungen aus Walt Whitmans *Tagebüchern* vor.

Längst war sie bei mir eingezogen und hatte ihre große Stereoanlage im Wohnzimmer aufgebaut, was kein Problem darstellte, da ich unverzüglich ein Waffengeschäft aufsuchte und mich vor den Tangoattacken von Julio Sosa, Dino Saluzzi oder Astor Piazzolla durch spezielle Ohrenstöpsel, die man auf Schießständen verwendet, schützte.

Um ihren Anteil an der Miete zu bezahlen, schlug sie vor, den ganzen Tag in der *Büchertonne* zu arbeiten. In der Hoffnung, ich würde dann mehr Zeit zum Lesen haben, willigte ich ein. Ein Eigentor, denn die Probleme kamen wie ein Bumerang zurück.

Gisela bediente die Kundschaft, erledigte die gesamte Korrespondenz, ging mit den Tageseinnahmen zur Bank, brachte die Buchhaltung auf Vordermann. Binnen eines Jahres hatte sie den Laden übernommen.

– Du bleibst in deinem Lehnstuhl und liest weiter, sagte sie, wenn ich einspringen wollte.

Der Witz war nur, daß ich nicht mehr in Ruhe lesen konnte. Seit Gisela die fantastische Idee gehabt hatte, in der Uni-Mensa Werbezettel auszulegen, wurde alle drei Minuten die Türe aufgerissen. Kundschaft strömte in den Laden. Der gesamte Lehrstuhl für Anglistik schlug, angelockt von der attraktiven Antiquarin, an Nachmittagen in der *Büchertonne* sein Quartier auf. Professoren wie Studenten kamen hier zwanglos zusammen, lachten und scherzten und kauften die Regale leer.

Anstatt die Nase in mein Buch zu stecken, mußte ich mißmutig zusehen, wie Gisela die Jungs am Wickel hatte. Faszinierend, wie sie ihre Zuneigung dosieren konnte: Dem Jungvolk schenkte sie ein Lächeln, mit den Assistenten führte sie lange Gespräche, Dozenten wurden routiniert umflattert und der alte Dr. Kien – nach wie vor ihr treuer Fan und einer unserer besten Kunden – durfte als einziger den Arm auf ihre Schulter legen.

Außer den ständigen Unterbrechungen und meinem Mißvergnügen an dem Herumgeschäker brachte der angeschwollene Kundenstrom ein weiteres Ärgernis mit sich. Mit steigenden Umsätzen gingen uns die Bücher aus. Es galt Nachschub aufzutreiben und da ich es selbstredend strikt ablehnte, Restauflagen, sogenanntes ›Modernes Antiquariat‹ zu ordern, mußte ich immer öfter in Sachen Büchernachlaß ausrücken.

Um die entgangene Lesezeit wieder hereinzuholen, schlug ich vor, das Abendessen nicht mehr bei ›unserem Italiener‹, sondern zu Hause einzunehmen. Zu meiner Überraschung war Gisela von dem Vorschlag begeistert.

Am gleichen Abend gab es mein Lieblingsgericht Tortellini con ricotta e spinaci, die bei weitem besser schmeckten als die Tortellini bei Roberto. Ich verschlang drei große Teller davon, aß vier Portionen Nachtisch – Torta di riso! – dazu und brüllte nach einem erheblichen Quantum Barbera durch die Küche:

– Die Köchin lebe hoch! Hoch! Hoch!

Wenig später kroch ich splitternackt zu Bandoneónklängen über den Schlafzimmerteppich und stieß – sie hatte mir die Brille weggenommen – den Schädel gegen den kleinen Hocker, bevor ich ihre Knie zu fassen kriegte und sie mich kichernd ins Bett zog. Gisela liebte schüchterne halbblinde Männer!

Am nächsten Vormittag kündigte ich, mich hinter einem Buch verschanzend, großspurig an: in Zukunft würde ich nach Dienstschluß im Geschäft bleiben und mir von *Freddy's Futterkrippe* Currywurst mit Fritten kommen lassen. Ich hielt genau vier Tage durch.

Inzwischen lief der Laden derart ausgezeichnet, daß ich kaum noch zum Lesen kam, ja mir Gedanken machen mußte, wie man die Einnahmen am besten investieren sollte.

Während Gisela noch, aufgehetzt von Gerold, von Modernisierung, ja einer eventuellen Filiale schwärmte, schmolz ich das Kapital zusammen, indem ich ohne Rücksicht auf Verluste Lebenserinnerungen, Memoiren und Biographien für den Privatgebrauch kaufte.

Obwohl ich dauernd unterwegs war und nicht mehr dazu kam, auch nur eine Zeile zu lesen, war ich bester Dinge, träumte hinter dem sich auftürmenden Bücherbollwerk von einem unbeschwerten Leseleben. Jedes zusätzlich in der Wohnung aufgestellte Bücherregal dämpfte die Bandoneónklänge und eroberte verlorenes Terrain zurück.

Gisela, die mein Verhalten mit scheinbarem Gleichmut hinnahm, zog es vor, nicht direkt zu reagieren. Wie so oft wurde Gerold vorgeschickt. Beim Dämmerschoppen im *Gasthof zum Stern* kam er ohne Umschweife zur Sache:

– Was ist los? Du hast alles, was sich ein Mann nur wünschen kann: eine tüchtige Lebensgefährtin und ein Geschäft, das sich als Goldgrube erweist.

Auch sei ich in meinem Beruf erfolgreich, müsse mir, vernünftiges Wirtschaften vorausgesetzt, keine materiellen Sorgen machen.

– Räume im Eingangsbereich ein, zwei Regale, nimm Restauflagen, Billig-CDs und auslaufende Software in dein Sortiment – dein Umsatz wird sich verdoppeln!

– Nie und nimmer.

Wieso ich mich derart selbstzerstörerisch verhalte? Mich gegen eine rationelle Unternehmensführung und die Eröffnung einer Filiale sträube?

Was Gerold an jenem Abend nicht schaffte, mich zur Aufnahme eines Modernisierungs-Kredits zu bewegen, erreichte Gisela innerhalb einer Woche, indem sie zur Stereoanlage ins Wohnzimmer umzog und ihr Lager auf dem Sofa aufschlug.

Es half mir wenig, daß ich meine Nase in Biographien berühmter Asexueller steckte und in den keuschen Lebensläufen von Spengler, Newton, Kant, Spinoza nach

Trost und Unterstützung suchte. Gisela mußte nur einmal durch den Raum gehen, schon zitterte das Buch in meinen Händen.

Der Kredit wurde beantragt. Unmittelbar nach seiner Gewährung gab ich ihn hinter ihrem Rücken für den Nachlaß des Prälaten Knipfer aus. Kurz darauf teilte uns die Bank mit, man sei angesichts der Ebbe auf unserem Konto leider außerstande, die Ladenpacht für diesen Monat zu überweisen.

Zwei Tage nach diesem Schreiben kam ich in den Laden und erstarrte wie vom Blitz gestreift: Eine breite Lücke klaffte in meinem Privatregal. Der Casanova! Das Herzstück meiner Sammlung! Gisela hatte meinen Jahrhundertfund an das Romanistische Institut verkauft.

◆❖◆

– Oh, du hast Dollies Würste.

– Nicht jetzt!

Zwei Stimmen erklingen im Schlafzimmer: Gisela und Gerold. Obwohl nur undeutlich zu verstehen, habe ich sie auf der Stelle erkannt.

– Was? Kängus?

Schritte erschüttern die geflochtenen Wände des Papierkorbes.

– Moment!

– Vielleicht die Putzfrau?

– Nein, nein. Ich weiß jetzt, wo.

Eine Hand fischt mich aus dem weichgepolsterten

Behältnis. Giselas Atem weht auf diese Zeilen.

– Er war aufgeschlagen.

– Du meinst, er ...?

Der Rest entgeht mir, denn ich werde zugeklappt und, den Rücken in Giselas Handfläche geschmiegt, die Treppe hinuntergebracht. Ich spüre jede einzelne Stufe. Zielstrebig wird die Parterreebene durchquert, einen Halbschritt zurück: Haustüre auf. Rasch über die Gasse. Vorsicht Stufe. Wir sind im Laden.

Ich werde auf einer glatten Unterlage abgelegt. Das kann nur die Platte des kleinen Küchentisches sein. Wieso bringen sie mich in die Teeküche? Was haben sie vor?

– Das werde ich dir sagen ...

Aus vier Nasenlöchern pustet Atem auf die Seiten: Gisela und Gerold haben mich aufgeschlagen.

– ... der Typ von der Bank wird in ein paar Stunden hier sein ... sagt Gisela und Gerold wirft ein:

– Wir wollen, daß du vernünftig bist und unterschreibst.

So viel Sturheit regt mich auf und ich blaffe sie an:

– Jetzt hört mal zu: Keine Bank der Welt wird diesen Kredit stunden! Ich habe das Geld für private Zwecke ausgegeben!

– Soll das heißen, fragt Gisela, du weigerst dich zur Menschengestalt zurückzukehren?

– Was heißt hier weigern?! Ich weiß schlichtweg nicht, wie ich das machen soll!

Gerold mischt sich ein.

– Gisela hat es bislang im Guten versucht: Kräuterwickel, gutes Essen, Liebe. Nichts hat vermocht dich umzustimmen. Vielleicht sollte man mal ausprobieren, wie du auf Schmerz reagierst …

– Ihr wollt mich foltern?

Gisela neigt sich so dicht auf mich, daß ihre Haare das Papier berühren.

– Wir wollen nur dein Bestes. Stell dir vor, du wirst eines schönen Tages wieder Mensch und das Geschäft ist futsch.

Gerolds Hand packt grob den Buchblock, zieht mich von ihr weg.

– Ihr verdammten Schweine!

– Du hast eine Minute Zeit, es dir zu überlegen.

Die Hand bleibt eine Weile auf mir liegen. Dann scheint die Minute vorbei zu sein, denn ich höre Gerold fragen:

– Und?

– Du kannst mich mal!

– Du läßt mir keine Wahl, seufzt Gerold und blättert langsam zum Buchende vor.

Ich höre, wie Gisela »Naaaaaiiinnn!« schreit, als mich ein stechender Schmerz durchzuckt. Gerolds erbarmungslose Klaue reißt Seite 139 halb aus mir heraus! Der Schock stürzt mich in eine tiefe Ohnmacht.

Ich komme erst wieder zu mir, als etwas klirrend Kaltes auf mich niederprasselt. Scharfkantige Eiswürfel poltern auf die schmerzende Stelle. Ich höre, wie Gisela in einiger Entfernung ausruft:

– Nein! Keine weitere Seite! Das lasse ich nicht zu!

Hände schieben die Eiswürfel weg, schlagen d i e s e Seite auf. Zwei Köpfe neigen sich über mich. Ich höre Gerold sagen:

– Na, du Schwarte ...?

Gisela versucht es mit einem Appell:

– Sei vernünftig, Liebling: komm zu mir zurück.

Ich antworte nicht. Lasse sie warten. Freue mich, wie die Zeit vergeht. Bis Gerold das Schweigen bricht.

– Diogenes, du bist ein netter Kerl, aber als Buch nicht konkurrenzfähig. Du bist langweilig, schlecht geschrieben, voller lächerlicher Übertreibungen. In dir stehen Sätze, da greift man sich an den Kopf, Sätze wie ...

Er blättert zurück auf Seite 9 und liest:

– *Mein ehemaliger Körper war exakt 1 Meter 79 hoch, rundlich, von gedrungener Statur und mit 116 Kilo eindeutig zu schwer* – Was soll das? Erstens bist du keine 1 Meter 79, sondern, wie es in deinem Paß steht, exakt 1 Meter 69. Zweitens hast du nie im Leben 116, sondern, wenn es hoch kam, 96 Kilo auf die Waage gebracht.

Ich schweige, bis es ihnen nervös in den Fingern kribbelt: Wieder eine Minute zum Teufel! Schade, daß man als Buch die Uhr nicht ticken hört.

– Außerdem wimmelst du von Druckfehlern. Seite 21: *Methamorphose* mit ›th‹ geschrieben. Auf Seite 29 hast du bei *Schilddrüsenüberfunktion* das zweite ›d‹ vergessen und derartig schlampig geht es weiter. Oft hörst du nicht mal zu, was die Leute sagen, und zitierst sie mit grotesken Stilblüten!

Ein alter Foltertrick: Den Gegner desinformieren, indem man ihm eigene sinnlose Aussagen in den Mund legt.

– Ach ja? Dann werde ich dir mal vorlesen, was ich nach deiner Auffassung zu Beginn dieses Absatzes gesagt haben soll: *Oh, du hast Dollies Würste …* Könntest du bitte klären was du der Menschheit mit diesen Worten sagen wolltest?

Es mag Nonsens sein, aber genau das hat er gesagt. Ich werde mich nicht provozieren lassen.

– Ich habe die erste Platte des Bandoneonisten Aníbal Troílo im Flur gesehen und laut und deutlich gesagt: *Oh, du hast Troílos Erste.* Und vier Zeilen später habe ich übrigens keineswegs: *Was? Kängus?*, sondern den Titel der CD vor mich hingemurmelt und der lautet: *Los Tangos.*

Gisela mischt sich ein:

– Gerold hat recht: Als Buch bist du ein Flop, ein Ladenhüter, die allerletzte Remittende. Gib endlich auf!

Diesen Gefallen werde ich ihnen nach dem, was in den letzten Zeilen vorgefallen ist, gewiß n i c h t tun.

– Oh doch, das wirst du … blufft Gerold, dessen Handfläche bereits stark verschwitzt ist.

– … wir haben uns nämlich an deine Abneigung gegen Sprayer erinnert und etwas vorbereitet. Dreimal darfst du raten, was in meiner rechten Hand ist …

– **Oh Nein!** entfährt es mir großlettrig. Nicht über meine Seiten sprayen! Bittebitte! **Nein!!**

Während Gerold losläßt und wohl schon die Spraydose schüttelt, nimmt Gisela einen Bogen knitteriges Packpapier und breitet ihn unter mir aus.

– Nimm wieder menschliche Gestalt an. Ich fordere dich zum letzten Male auf!

Für den Bruchteil einer Sekunde zuckt die Möglichkeit, noch einmal in den vertrauten, dicken weißen Leib zu schlüpfen, noch einmal Diogenes zu sein, verlockend vor meinem inneren Auge auf. Dann bricht aus vulkanischen Tiefen heiß aufbrausender Haß empor, strömt wie ein bitterwürgender Magmastrudel an die Oberfläche, wo er sich in einer Flut von unflätigen Schimpfwörtern und Schmähungen auf meinen Peiniger ergießt:

– Aas! Abfall! Abortprotz! Abschaum! Affenpinscher! Angeber! Armleuchter! Arschloch! Bettnässer! Blindgänger! Blödmann! BMW-Fahrer! Brechmittel! Charakterlump! Dämlack! Depp! Dödel! Doofkopp! Doppelnurmi! Dorftrottel! Drecksack! Dutzendgesicht! Du Einfaltspinsel! Eintagsfliege! Eiterbeule! Du Erzbanause! Esel! Fetzenschädel! Du Feuermelder! Fabrikware der Natur! Filzlocke! Flachwichser! Fliegengewicht! Fotzenjockel! Fußabstreifer! Falscher Fuffziger! Galgenvogel! Gartenzwerg! Gauch! Gimpel! Grindskopf! Großkotz! Grünling! Gummilöwe! Du Haderlump! Hammel! Haubentaucher! Himbeerbubi! Hinterlader! Hornochse! Hosenseicher! Hühnerficker! Hundsbeutel! Idiot! Ignorant! Insekt! Irrer! Jammerlappen! Kacker! Kalbskopf! Kamel! Kanaille! Kanalratte! Kasper! Kindskopf! Klemmhemm! Knallcharge! Knalltüte! Kotzbrocken! Kretin! Küchenschabe! Labbes! Lachwurz! Laffe! Lakenschoner! Lapp! Lausepiepel! Lorbas! Lümmel! Lurch! Lusche! Du Misthaufen! Mißgeburt! Mottenscheißer! Muffel! Müll! Napfsülze! Nazi! Nervensäge! Nichtskönner! Niete! Nulpe! Pfeifendeckel! Pflaume! Pickelfresse! Piesepampel! Pinscher! Plumpsack! Porschloch! Pubertant! Quabbel! Quadratfresse! Quarksack! Rabenaas! Rinnsteingrabbler!

Ritzenspringer! Rotztulpe! Rübenschwein! Rüpel! Sackratte! Saftsack! Säufernase! Scheißloch! Schlammsau! Schleimbeutel! Schmutzkübel! Schnauzen-Ficker! Schnösel! Schnutenhobel! Schrat! Schrumpfgermane! Schwätzer! Schweinehund! Seegurke! Stehkragenprolet! Stinkeburger! Stinkstiefel! Stockfisch! Strohkopf! Stromer! Stümper! Sumpfralle! Sumser du! Du Suppenhuhn! Tappes! Taschentarzan! Teufelsbraten! Tittenschoner! Toilettenamsel! Toppsau! Totalversager! Trantüte! Trittbrettfahrer! Trüber Tümpel! Du trübe Tasse! Ungeziefer! Unglückswurm! Unsympath! Übergebliebener Donaukarpf! Unnützer Fresser! Vorzimmerstenz! Warzenschwein! Waschlappen! Wasserschädel! Wichser! Wichtel! Wimmerl!

Ich höre, wie Gisela ruft:

– Aufhören!

Windbeutel! Wurstpelle! Wabelweiches Sülzknie!

Und noch einmal ruft Gisela:

– Jetzt hör auf! Hör sofort auf!

Zausel! Zipfelklatscher! Zitronenfr…

Gisela muß ihm in den Arm gefallen sein, denn der ölige Farbstrahl versiegt nach einem abrupten Schwenk.

– Wieso, zum Teufel?! Noch ein paar Seiten und er …

– Psssst! Im Laden ist ein Kunde!

Der Kunde ist eine Kundin.

– Können Sie mir helfen?

Die hochfrequentigen Schwingungen der Stimme sind bis in die Teeküche zu spüren. Gisela eilt zu ihr.

– Aber gerne.

– Ich hätte eine Frage …

Vielleicht haben mir die Lackdünste die Kraft zur genauen Wahrnehmung vernebelt, aber die Buchstaben prickeln in seltsam altvertrauter Weise …

– Bitte, fragen Sie!

– Ich will keineswegs impertinent sein. Sie können ablehnen, wenn Sie wollen …

Ich könnte schwören: ich kenne die Frau!

– Worum geht es?

– Ich habe dies Buch hier: Rousseaus *Bekenntnisse,* Winkler-Ausgabe, von Ihrem Schreibtisch genommen. Ist das Privatbesitz oder …

Und ob es das ist! M e i n Privat-Rousseau ins Deutsche übertragen von Alfred Semerau! Das Buch, bei dessen Lektüre mich der Schicksalsschlag der plötzlichen Wandlung traf!

– … ist es zu verkaufen?

– Kommt darauf an, wieviel Sie bieten.

Gisela!! Ist sie wahnsinnig geworden? Meine Lieblinge, das unantastbare Heiligtum, die sakrosankte Reihe in Lektüre befindlicher Bücher auf m e i n e m Schreibtisch zu verscherbeln! Das kann sie nicht, das darf sie nicht!!

– Sagen wir fünfzig Mark?

– Einverstanden.

Gerold! Bitte! Ich weiß, daß du jetzt diese Zeilen liest.

Ich spüre es an deinem Atem. Pfeif sie zurück!

– Sicher, sagt Gerold und rückt dicht an mich heran: Wenn du auch was für uns tust.

– Ein Buchantiquariat, sagt Gisela zu der Kundin, lebt schließlich vom Verkauf von Büchern.

Das könnt ihr nicht machen!! Erbarmen! Alles, nur nicht den Rousseau! Bitte! Was kann denn das Buch dafür?! Es ist noch nicht mal ausgelesen!

– Darf es sonst noch etwas sein?

Unfaßbar! Unfaßbare Worte, die einen wie jede fatale Nachricht erst dumpf betäuben, bis man endlich versteht.

– **Um Himmelswillen!** rufe ich großlettrig. Gerold! Bitte! Ihr habt kein Recht, die Bücher …

– Ach? Haben wir nicht? fragt Gerold uninteressiert zurück, während ich Gisela im Laden laut und deutlich sagen höre:

– Das macht dann bitte 50 Mark.

Sie sind schon an der Kasse!! Drauf und dran, mir meinen *Rousseau* aus dem Herzen zu reißen!! Schmerz!! Wie eine Eisenfaust, die sich erbarmungslos um den Buchblock krallt, um ihn samt Vorsatzseite und Schmutztitel aus den Einbanddeckeln herauszureißen. Ich will laut aufschreien, doch es kommt nur kläglicher Buchstabensalat heraus:

– Härtafl Icjktuallsvasih …!

– Soll das heißen, du hast mir was zu sagen? fragt mein über mich gebeugter Folterknecht.

Sinnlos, gegen derartig rohe Gewalt Widerstand zu leisten!

– Ich … ich tu alles, was ihr wollt.

– Werde wieder Mensch!

– Das kann ich nicht!

– Dann vergiß es.

– Jetzt hör mir doch mal zu: Als ich noch Mensch war, habe ich für den Fall, daß Gisela mal eine Vollmacht von mir bräuchte, während ich auf Nachlaß-Tour war, Briefbögen mit meiner Blankounterschrift vorbereitet …

– Brauchen Sie eine Tüte? will Gisela von der Kundin wissen.

Gerolds geschwärzte Knöchel knuffen auf die frische Seite.

– Wo sind sie?!

– Vorne in dem Kunstband *Der blaue Reiter*.

In zwei, drei gewaltigen Sprüngen sind wir im Laden, wie ich annehme vor der Kasse, denn ich höre Gerold sagen:

– Augenblick mal! Ich denke, wir sollten …

Ich erfahre nicht mehr, was sie sollten, denn ich werde an dieser Stelle zugeschlagen und kopfüber in ein überfülltes Regal gequetscht.

Wieso bin ich bloß auf ihre alberne Komödie hereingefallen? Oder sollte es höhere Gewalt gewesen sein? Bestimmung? Fügung?

Eine tatsächliche Kundin, die zufällig hereinkam und zur Belohnung, daß sie geholfen hatte, mich herumzukriegen, meinen *Rousseau* mit nach Hause nehmen durfte?

Die von Gerold besprayten Seiten kleben. Ich bin fix und fertig. Kopfüber im Regal zu stehen ist für ein Buch die Hölle.

Zum Glück fehlt jegliches Zeitgefühl. So merke ich

nicht, wie lange es dauert, bis ich wieder herausgezogen und aufgeschlagen werde. Jemand blättert zerstreut in mir herum und fragt:

– Unter welcher Bedingung, sagten Sie, würde die *Dombuchhandlung*-GmbH einsteigen?

– Unter der Bedingung, antwortet Gerold, daß man hier komplett umstrukturieren würde.

– Modernes Antiquariat. Gnadenlos niedrigpreisig. Stapelware. Zumindest im Eingangsbereich, echot Gisela.

Ihrer Stimme nach zu schließen, steht sie unmittelbar neben der Person, die mich nach wie vor verkehrt herum in der Hand hält.

Gerold muß aufgesprungen und herbeigeeilt sein, denn auch er tönt jetzt aus nächster Nähe:

– Da vorn kommt alles raus, Herr Mönkeberg!

– Und das Zeug da? fragt Herr Mönkeberg, meine Kante gegen ein Regalbrett stupsend.

– Die Bücher, die Sie hier sehen, bilden den Grundstock für unsere Abteilung für Bibliophile, sagt Gisela.

– Soooo sooo, sagt gedehnt Herr Mönkeberg und hält mich anklagend in die Höhe.

– Und was soll das hier? Zwei ganze Seiten eingeschwärzt?

– Oh das ..., stammelt Gerold, ... muß in der Druckerei passiert sein: zuviel Druckerschwärze.

Gerolds Hand, die ich unter Tausenden von Händen erkennen würde, versucht vergeblich, mich Mönkebergs Griff zu entwinden.

– In der Druckerei, wie?

Aufreizend langsam blättert Mönkeberg zurück.

– Sieht aus, als hätte der Drucker auf dem Buch gegessen.

Seine Zeigefingerkuppe stupst auf Seite 43.

– Schauen Sie da! Fettflecken und was weiß ich noch alles!

– Darf ich mal?

Ich werde in Giselas kleine feste Hand gelegt.

– Das muß von einem Kunden vergessen worden und anschließend ins Regal geraten sein. Jedenfalls ist es nicht über meinen Tisch gegangen. Hier sehen Sie: keine Preisauszeichnung.

Sie hält ihm mein aufgeschlagenes Vorsatzblatt hin.

– Eine merkwürdige Buchvermehrung, sagt Herr Mönkeberg.

– In der Tat, antwortet Gisela und hebt mich, als wolle sie den Sachverhalt noch einmal überprüfen, dicht vor ihr Gesicht. Ich kann ihren warmen Atem spüren.

– Das Buch habe ich hier noch nie zuvor gesehen.

Spricht's, klappt mich zu, wirft mich bäuchlings auf einen Stapel. Mir ist plötzlich kalt.

II

Ich werde respektvoll abgetastet und behutsam aufgeschlagen. Zwei Hände umfassen meine Einbanddecken, heben mich feierlich empor wie einen Kelch. Wohldosierte Atemzüge. Sorgfältige, bedächtige Lektüre. Hier zelebriert ein Kenner den Festakt des Lesens.

Unter all den verschiedenen Arten von Lesern, die ich in meinem Laden studieren konnte, war mir der Typ des Bücherkenners stets ein Rätsel. Statt sich kopfüber in ein Buch zu stürzen ventiliert er stundenlang die Frage, ob er es an seinem handgefertigtem Stehpult oder bei einer Tasse Earl Grey im bequemen Ledersessel lesen sollte. An der Stelle, die meinesgleichen gierig überblättert, bringt der Bücherkenner erst einmal sein liebevoll entworfenes Exlibris an. Für ihn sind Bücher keine Lebensmittel, die man zu jeder Tages- und Nachtzeit in sich hineinschlingt, sondern Luxusgegenstände, die es zu bewahren und vor Kinderhand zu schützen gilt. Deshalb steht seine Bibliothek auch nicht in Regalen, sondern in verglasten Schränken. Während die geschichtliche Dummheit der Zensur und Bücherverbrennung das literarische Publikum erfahrungsgemäß erst recht zur Lektüre der indizierten Werke anreizt, reagiert der Bücherkenner schon auf geringe Einflußnahme mit Verstörung. Wenn die Polizei morgen den Befehl erhielte, die Eingänge sämtlicher Buchhandlungen und Antiquariate mit Brettern zu verschalen, würde der Bücherkenner auf das Sammeln von altem Zinn umsteigen …

– Gehen wir? sagt plötzlich eine nervös zitternde Frauenstimme neben uns. Dachte ich es mir doch: Er ist in Begleitung. Ein Bücherkenner liest ungern allein. Es wäre ja auch zu schade, der Welt den Anblick seines ernst über ein Buch geneigten Charakterkopfes vorzuenthalten! Während ihre Hand, der leichten Schwankung nach zu schließen, unter seinen rechten Arm schlüpft, blättert er auf Seite 22 zurück.

– Das ist witzig: *Nichts fand ich gemütlicher, als im Schein der Lampe von Krankheit und Tod, von Not und Schmerz verblichener Existenz zu lesen* … guck mal rein.

Der Bücherkenner überreicht mich seiner Gefährtin. Lange Fingernägel krallen sich in meinen Rücken. Dann geht die Post ab: Federn! Schwanken! Kippen! Wippen! Wir vollziehen eine blitzartige Drehung um die eigene Achse.

– Was ist das … tönt die Frauenstimme über mich hinweg … eigentlich für eine Musik: Luis di Matteo?

– Aber nein … höre ich, während ich in abscheulichster Weise über spitze Fingernägel auf- und niedertanze, Gisela aus dem Hintergrund rufen:

– … das ist eine lange verschollene Aufnahme von Dino Saluzzi.

Musik im Laden! Jahrelang habe ich mich erfolgreich gegen Giselas absurde Zwangsvorstellung wehren können, Bücherkunden mit Hintergrundmusik zu beschallen, und jetzt: Tango!

– Kann man die bei Ihnen kaufen?

– Diese leider nicht, sagt Gisela in unmittelbarer Nähe: Aber die CDs dort in den Kästen.

Der Bücherkenner nimmt mich seiner nervös hin- und hertrippelnden Begleiterin aus der Hand und hält mich in die Höhe.

– Wieviel kostet das? Es steht kein Preis drin.

– Oh das … stammelt Gisela, greift nach mir, zieht mich blitzschnell aus seiner Hand und preßt mich mit verschränkten Händen an ihre Brust.

– Es tut mir leid. Das Buch ist unverkäuflich.

◆❖◆

– Ich habe dich wahnsinnig vermißt!

Durch den glatten Stoff der Bluse kann ich die Erschütterungen ihres Herzens spüren.

– Wie lange?

– Hör zu, ich müßte mal kurz rüber, ein paar Sachen aus der Waschmaschine …

– Wie lange hast du mich vermißt?

– Was weiß ich … fünf, sechs Wochen ungefähr.

– Zwei, drei Monate?

– Kann sein.

Sie hat mich wahnsinnig vermißt, weiß aber nicht mehr, seit wann.

– Was glaubst du, was ich hier während des Umbaus alles um die Ohren hatte!

Ich habe keine Lust mehr, länger um den heißen Brei herumzureden, und schleudere ihr meine Anklage ins Gesicht:

– Wir hatten eine klare Abmachung: keinerlei Musik!

Sie zuckt nicht einmal zusammen, sondern kontert gelassen:

– Seitdem ich die Tango-Scheiben verkaufe, mache ich an einem normalen Wochentag soviel Umsatz wie sonst nur zu besten Zeiten.

Ich versuche mir vorzustellen, wo im Geschäft die CDs stehen könnten. Soweit ich mich erinnere, ist der Laden bis auf den letzten Millimeter mit Büchern vollgestopft.

– Ich habe Platz geschaffen. Über Sonderangebote ausgemistet.

– Hoffentlich keines von meinen Büchern!

Sie tätschelt begütigend meinen Umschlag.

– Natürlich nicht.

– Und der Rousseau?

– Eine schauspielerische Einlage, um deinen Widerstand zu brechen.

– Wo ist er?

– In der Wohnung. Ich habe deine Sachen rüberbringen lassen.

– Ich möchte zu ihm. Gehen wir!

Das Wunderbare am Bücherdasein sind die schnellen Wechsel. Du wirst im Laden zu- und im nächsten Absatz schon bei dir zu Hause im Schlafzimmer aufgeklappt, ohne lästiges Dazwischen. Ohne nervendes Ladentürabsperren, Überdiegassegehen, Treppensteigen, Wohnungstüraufsperren, Klinkendrücken, Türaufziehen, Durchdenflurgehen, Insschlafzimmertreten etcetera etcetera ...

Ohne das häßliche Ticken der großen Normaluhr, das dir verkündet, daß sich dein Gesicht unaufhaltsam mit Runzeln, deine Haut mit Altersflecken, deine Großhirnrinde mit verstopften Äderchen überzieht ...

Raum und Zeit zu überwinden, ist für ein Buch ein Kinderspiel. Während das Produktionsteam eines Films bei jedem Szenenwechsel erst einmal Dutzende von Menschen sowie Tonnen von Material von einem Ort zum anderen bewegen muß, genügen dem Buch wenige Quadratzentimeter, und der Ausdruck *Zwanzig Jahre später in Amerika* funktioniert, ohne daß man auch nur eine Seite umblättern muß.

Es ist, als erfüllte sich der alte Wunsch aus Kindertagen, da man im August auf einer Sommerwiese die Augen schloß und träumte, an Weihnachten wieder aufzuwachen ...

– Unter R steht er nicht, ich sehe mal weiter hinten ...

Ich liege aufgeschlagen auf dem Nachttisch, während Gisela das Franzosenregal nach dem Rousseau durchsucht.

– Ich habe es: Die *Bekenntnisse* von Jean-Jacques Rousseau.

– Winkler-Dünndruckausgabe?

– Ja. Er stand neben Stendhals *Leben des Henri Brulard.*

Keine Ahnung, wieso dieser Umstand mein Mißtrauen erweckt.

– Schlag bitte Seite 593 auf und lies mir vor. Es steckt ein Lesezeichen darin, siehst du die grüne Plastikbüroklammer?

– Ja, ich sehe sie.

Das hätte sie nicht sagen dürfen. Ich erinnere mich genau, eine entzweigerissene hellblaue Frittenfritz-Papierserviette in die *Bekenntnisse* eingelegt zu haben, und dies auch nicht auf Seite 593, sondern auf Seite 539!

– Ich gebe zu, ich habe ihn nicht gefunden, du brauchst dich aber gar nicht aufzuregen: irgendwo hier muß er sein …

– Dann wirst du mich jetzt zur Hand nehmen und mit mir gemeinsam das Regal A bis L durchgehen!

Merkwürdigerweise protestiert sie nicht, sondern ergreift mich und geht die paar Schritte zum Franzosenregal, Abteilung A–L, hinüber.

– *Jean Anouilh* von Hubert Gignoux; *Apollinaire. Leben und Werk* von André Billy, Biographien von *Stefan Zweig, Curtius* und *Heinrich Heiß; Barbey d'Aurevilly* von Jean Séguin; Baudelaire-Tagebücher; Baudelaire-Biographien von Arnold, von Francois Porché und Marcel Faguet …

– Augenblick! Die *Baudelaire*-Biographie von Marcel Faguet – welche Farbe hat ihr Schutzumschlag?

– Rot?

Daneben!

Der Schutzumschlag des Faguetschen *Baudelaire* ist selbstverständlich gelb und das beweist: Gisela sitzt nicht, wie sie behauptet, vor dem Bücherregal, sondern liest mir lediglich die Karteikarten vor, die ich von meiner umfangreichen Privatbibliothek angefertigt habe.

– Schatz, du mußt auch mich verstehen. All diese Regale … es war ja nicht mal Platz, um ein paar neue Tangoschritte … Es dauert, bis mir die Ungeheuerlichkeit ihres Satzes aufgeht.

– **Wo sind meine Bücher!?!**

– In Kisten verpackt auf dem Speicher. Aber keine Sorge, Liebling, sie sind alle …

Sie plappert weiter. Redet wie ein Buch. Ich bin so erschüttert, daß ich kein Wort verstehe und aufgeschlagen und zitternd in ihrer Hand verstumme, bis sie ihren Redefluß unterbricht und fragt:

– Was ist, Schatz? Was hast du denn?

Ich richte mich auf bis zur Höhe ihres Gesichts.

– Du fragst m i c h, was i c h habe?!! Du hast mir damals, vor deinem Einzug in diese Wohnung, hoch und heilig versprochen, n i e m a l s, unter keinen Umständen – selbst bei meinem Tod nicht – meine Bücher anzurühren!

– Und was hast du mir nicht alles versprochen? Ich sage nur: Prag!

Wann immer Gisela die Argumente ausgehen, muß die Pragreise herhalten, um meine angebliche Unzuverlässigkeit vorzuführen. Dabei hatte ich nur genickt, wie ich immer nicke, wenn ich gerade lese und Gisela mich mit einem ihrer unrealisierbaren Vorschläge unterbricht.

Wie sie auf die Idee gekommen war, lag auf der Hand: An jenem Vormittag war sie an dem Prag-Plakat des Reisebüros für Städtereisen Ecke Lederer-/Wollwirkergasse vorbeigegangen. Zurück in der *Büchertonne,* hatte sie Klaus Wagenbachs Kafka-Biographie in meiner Hand gesehen.

Immerhin brachte sie mich dann auf den Gedanken, mir einen Stadtplan von Prag zu besorgen und Kafkas täglichen Weg von der väterlichen Wohnung in der Niklasstraße zur Arbeiter-Unfall-Versicherungsanstalt auf dem Poric mit dem Finger nachzufahren. Bald kannte ich die Stadt wie meine Westentasche. Ich flanierte mit Felice über den Wenzelsplatz und den Graben, traf Max Brod und Oskar Baum im Café Arco, ruderte zur Karlsbrücke, schwamm in der Civilschwimmschule an der Moldau, las Kleist auf meiner Lieblingsbank im Chotekpark vor dem Belvedere, besuchte Schwester Elli in Prag-Weinberge und Schwester Vialli in der Bilekgasse.

All diese Unternehmungen dauerten zusammen gerade mal eine halbe Stunde. Dann langweilte mich Prag und ich fing ein neues Buch an.

Als Gisela mich Wochen später fragte, ob wir mit dem eigenen Auto oder im Reisebus fahren sollten, hatte ich Kafka, Prag und mein Versprechen längst vergessen.

Vom atemberaubenden Sog der Dickens-Biographie von Norman und Jeanne Mackenzie mitgerissen, gestand ich auf Seite 453 Ehefrau Kate soeben meine Liebe zu der Schauspielerin Ellen Ternan. Als Kate daraufhin durchdrehte und die Schwiegereltern in unser Haus am Tavistockplace rief, schlug ich die Südenglandkarte auf und lief bei Nacht und Nebel die 30 Meilen über Greenwich, Charton, Gravesend zu Fuß nach Gads Hill, meinem frisch erworbenen Sommersitz in Rochester.

Mein ganzes Leben hat mein Kopf in irgendeinem aufgeschlagenen Buch gesteckt. Was Bekannte oder Kunden an mir als Ausdruck unverwechselbarer Persönlichkeit schätzten – Sandalen, Nickelbrille, Bart und Schlapphut – war lediglich vorgeschützt, Fassade einer Hohlform, in die sich die Erinnerung an Berühmtheiten ungehemmt ergießen konnte. Meine Rede war gespickt mit Fremdgut. Obwohl ich wie ein Papagei ausschließlich Äußerungen meines jeweiligen Favoriten paraphrasierte, ging ich bei den meisten Menschen als Unikum und Original durch. Ich selber wußte freilich, daß die berühmte Bemerkung Schopenhauers auf mich zutraf: als Durchschnittskopf müsse man mit Zitaten sparsam umgehen, weil sonst die Urschrift allzusehr aus dem Grau in Grau der eigenen Worte strahle.

Der Gefahr, daß sich ein Charakter zu tief in den wachsweichen Untergrund meines Gehirns einbrannte, suchte ich durch rasches Lesen sowie ständigen Lektürewechsel vorzubeugen. Vielleicht wäre es kein Fehler, dem übermächtigen Einfluß von Dickens durch eine kurze Pragreise den Boden zu entziehen?

Ich ging los und buchte zwei Plätze im Reisebus, der einmal pro Woche vom hiesigen Busbahnhof nach Prag fuhr. Hätte Gisela den Reiseführer nicht gekauft, wären wir dort wohl auch angekommen.

So aber sah ich das Foto.

Ich hatte mir die Arbeiter-Unfall-Versicherungsanstalt

ganz anders vorgestellt. Mindestens so trostlos wie den Betonsilo der hiesigen AOK mit seiner vom Regen verwaschenen Fassade und Reihen schießschartenartiger kleiner Fenster. Auf dem Foto indes ein kuppelgekrönter Neobarock mit säulenflankiertem Eingang und lichtdurchfluteten, hohen Räumen. In diesem großzügigen Palast soll der Verfasser der *Strafkolonie* versauert sein?

Bald wurde mir klar, welch verheerende Zerstörung der Besuch eines real existierenden Prag an meinem Kafkabild anrichten würde. Nichts würde übrigbleiben! Weder die Bootsfahrt unter der Karlsbrücke noch die abendlichen Schwimmpartien in der Civilschwimmschule oder der Hradschin, den ich mir als verwinkelte arabische Kasbah vorzustellen pflegte.

Wieso sollte ich freiwillig auf die eigene Bilderproduktion verzichten, die bei der Lektüre in meinem Kopf ablief und das einzige Machtmittel darstellte, das ich als Leser gegenüber einem Text besaß? Seit jeher war mir die Unsitte, Bücher mit Fotografien auszustatten, ein Dorn im Auge. Nicht zuletzt deshalb habe ich aus all meinen Lebenserinnerungen und Biographien den meist in der Buchmitte eingehefteten Fototeil sorgfältig mit dem Papiermesser herausgeschnitten und vernichtet.

Natürlich würden diese Argumente nichts gegen Giselas manischen Bewegungsdrang ausrichten, weshalb ich es vorzog, zu schweigen und mich einen Tag vor Abfahrt der Reisegesellschaft mit einer vorgetäuschten Angina ins Bett zu legen …

◆❖◆

Ich falle!

(Über meinen Erinnerungen habe ich ganz vergessen, daß sie mitliest und folglich meine kleine Schwindelei mit der ›Angina‹ herausbekommt …)

Ich schlage auf etwas Weichem auf, gleite auf dem Rücken einen seidenen Abhang hinab.

Was hat sie vor? Wieso wirft sie mich auf ihr Bett?

Aus dem Schaukeln der weichen Unterlage schließe ich, daß sie sich neben mich aufs Bett setzt und sich auszuziehen beginnt.

Die spitzendurchbrochenen Körbchen eines Büstenhalters sinken auf mich herab. Deutlich ›schmecke‹ ich Giselas Parfüm: ein feiner frischer Apfelgeruch.

Was dann passiert, ist zuerst nur schwer einzuordnen: Das Bett schwankt, als würde ein Felsbrocken draufgeworfen. Spitze Zähnchen kratzen über mein Papier. Ein rauher Drillichstoff plumpst auf mich nieder. Der strenge Geruch läßt an nassen Hund denken. Ich spüre, wie ein gerundetes Metallstück wie auf Kufen über mich gleitet und rätsle vergebens über Herkunft und Bedeutung.

Was zum Teufel soll das? Ich habe keine blasse Ahnung. Bis der Stoffhaufen über mir zu zucken und zu rucken anfängt und sich in pulsendem Rhythmus auf und ab bewegt.

Schlagartig wird mir klar, daß der rauhe Drillich eine bis auf die Knöchel herabgelassene Jeans ist. Die vermeintlichen Zähne sind der bis zum Anschlag aufgezogene Reißverschluß, der seine Zacken in nunmehr immer schneller werdenden Amplituden über das Papier schabt.

Der strengen Ausdünstung nach zu schließen gehört die Jeanshose über mir zu einem Mann!

Während das Metallstück – wahrscheinlich eine Gürtelschnalle – immer heftiger gegen mich schleudert, spüre ich deutliche Knuffe des gerippten Unterhosenstoffes, der aus dem aufgerissenen Hosenstall hervorspitzt. Falls ich noch Zweifel hatte, sind sie jetzt beseitigt: Unmittelbar über mir wird Gisela von einem Mann gevögelt!

Mehr als die Tatsache selbst verstört mich, daß der Kerl mit seiner um die Fußgelenke schlotternden Hose augenscheinlich oben liegt. Gisela hat mich nie auf sich hinauf gelassen. Das erinnere sie an ihren Exmann, den Sportler, der sie pro Nacht zwei- bis dreimal, wie sie es ausdrückte, herzunehmen pflegte.

Das Scharren des Reißverschlusses lenkt meine Aufmerksamkeit wieder auf das sich über mir vereinigende Paar. Dem gemäßigten Tempo des Gürtelschnallengerüttels zufolge sind sie noch ein gutes Stück vom Höhepunkt entfernt.

Das lose Ende des Gürtels gleitet über meine Seiten. Deutlich kann ich geflochtenes Leder spüren … Die Erkenntnis durchzuckt mich wie ein Donnerschlag: Wer trägt denn stets geflochtene Ledergürtel? Wer riecht, sobald er sich auch nur ein wenig körperlich betätigt, nach nassem Hund? Wer verehrt Gisela seit Jahren? Glubscht sie immer mit seinen melancholischen Hundeaugen an? Und wer trägt, wie ich einmal auf der Herrentoilette des *Gasthofs zum Stern* beobachten konnte, gerippte Unterhosen?

Als hätte er diese Zeilen mitgelesen hält der Vögler mitten in seiner Bewegung inne, um einen Moment später umso frenetischer draufloszurammeln.

Zu oft habe ich mich über die karnickelhafte Geste urplötzlichen Innehaltens, aus wachsamen Basedowäuglein über die Lichtung Spitzens und anschließend doppelt so schnellen Weitermachens amüsiert, um nicht genau zu wissen wer dahintersteckt!

Gerold! Keine Handbreit über mir hängt Gerolds Hodensack! Zwängt sich Gerolds stumpfnasiges Glied in m e i n e Gisela!

Kaum habe ich mir das bittere Faktum eingestanden, drängen Bilder aus der Erinnerung herauf: Gerold, der Gisela nach Ladenschluß angeblich das ABC der Buchhaltung erklärt. Gisela, die Gerold in meinem Wohnzimmer die gewagtesten Tango-Figuren, sogenannte *cortes y quebradas,* vortanzt. Gerold, der mit Gisela übers Wochenende zur buchhändlerischen Fortbildung nach Frankfurt fährt und sie Sonntag spät abends wieder nach Hause bringt. Gerold, der bei Auseinandersetzungen immer Giselas Partei ergreift. Ich muß taub und blind gewesen sein!

Am meisten aber ärgert mich, daß meine Eifersucht auf die zwei wie ein Aphrodisiakum zu wirken scheint.

Das schneller werdende Reißverschlußgeschabe und das muntere Aufundab der Gürtelschnalle lassen darauf schließen, daß die beiden nunmehr in der rauschhaft ekstatischen Phase der Begattung versinken, in der die bewußt gesteuerte Bewegung zurücktritt und die archaische Willkürherrschaft der Hirnanhangdrüse einsetzt.

Während ich im Zuge des sich ankündenden geschlechtlichen Finales kräftig durchgerüttelt und geschüttelt werde, löst sich langsam ein Gedanke, den ich bislang nicht zu denken gewagt habe: Was, wenn das, was mir bisher widerfuhr, von langer Hand vorausgeplant gewesen wäre?

Das Bild des Sprayers, der die Gasse hinunterläuft, erscheint vor meinem inneren Auge: Rennt er nicht so, wie Gerold rennen würde? Haken schlagend wie ein Hase? Trägt er unter seinem Baseballkäppi nicht wie Gerold kurze krause Haare?

Weiß er nicht ganz genau, daß seine sinnfrei über weiße Flächen gesprayten Kürzel im Gehirn eines übergewichtigen, fanatischen Alphabeten über kurz oder lang einen Schlag auslösen, daß sie den Körper des bewegungslosen Büchermenschen mit lebensbedrohlichen Zuständen wie Kollaps und Auszehrung bedrohen müssen?

Während die gerippte Unterhose wie ein wild gewordenes Wischtuch über den Buchblock saust, habe ich die Vision, wie Gerold des Nachts auf die Leiter steigt und die Ladeninschrift bis auf das Wort *Buch* übersprüht und eine mondbleiche Gisela ihm dabei aus dem Wohnzimmerfenster zuwinkt.

Aber in Wahrheit hat es Gerold gar nicht auf Gisela, sondern auf meinen Laden, präziser: meine Bücherschätze abgesehen. Ein kleines, feines Antiquariat wie das meine könnte das Schmuckstück seines buchhändlerischen Imperiums aus *Dombuchhandlung, Euroeinkaufszentrum* und *Uni-Bücherkiosk* werden!

Dabei ist ihm kein Trick zu schofel, kein Mittel zu billig, um über die Schwachstelle von Giselas Geschlecht an die *Büchertonne* heranzukommen. Derweil Reißverschluß und Gürtelschnalle einen wahren Höllentanz auf mir aufführen, fällt mir plötzlich ein, wie der Satz, den Gerold in der mysteriösen Passage auf Seite 56 gesagt hat, tatsächlich lauten muß. Ich zitiere:

– *Oh, du hast tolle Brüste.*

– *Nicht jetzt!*

Zwei Stimmen erklingen im Schlafzimmer: Gisela und Gerold. Obwohl nur undeutlich zu verstehen, habe ich sie auf der Stelle erkannt.

– *Was? Kein Kuß?*

Schritte erschüttern die geflochtenen Wände des Papierkorbes.

– *Moment!*

Der harte Ruck des rauhen Drillichstoffes reißt mich aus meinen Gedanken. Das geflochtene Gürtelende peitscht über meinen Rücken. Scharfkantige Zähne des Reißverschlusses ritzen die Papieroberfläche. Dann, nach kurzer spasmischer Bewegung, zwei-drei-vier Sekunden Innehalten: zitternde Erlösung. Sie sind fertig.

◆❖◆

Ich habe durchaus Verständnis, läßt sich Gisela vernehmen, daß ein Mann, der über Nacht zu Papier vertrocknet, sexuelle Wahnvorstellungen entwickelt, aber die Wahrheit ist: du liegst auf einem Berg alter Laken im Schmutzwäschekorb auf der Waschmaschine.

– Und euer tierisches Gerüttel? Habe ich mir wohl bloß eingebildet?!

– Du bist beim Schleudern hin- und hergeschüttelt worden.

– Das Märchen kannst du deiner Großmutter erzählen!

– Das sind die Fakten. Der Rest entstammt deiner überhitzten Phantasie.

– Was ist mit den Jeans? Sie haben eindeutig nach Mann gerochen!

– Wundert mich gar nicht. Es sind deine. Ich habe sie beim Renovieren angehabt.

– Und die Männerunterhose?

– Ist mein geripptes grünes T-Shirt.

Sie kann erzählen, was sie will. Ich glaube ihr kein Wort und bleibe dabei: Sie hat sich direkt über mir von meinem Duzfreund Gerold vögeln lassen!

– Ich will ihn sprechen. Sofort!

– Das wird schlecht gehen. Gerold und Sabine sind gestern nach Italien gefahren.

– Ich glaube dir kein Wort!

– Glaub, was du willst!

– Hol ihn her!

– Du kannst mich mal!

Sie packt mich, holt aus und schleudert mich in hohem Bogen …

… aus dem Fenster!

Ich stürze durch Kaltluftwirbel. Trudle mit flatternden Seiten, den Rauhputz der Hauswand streifend. Pralle auf das blecherne Fenstersims des ersten Stocks, schnelle nochmal in die Höhe, überschlage mich und rase wie ein Derwisch um die eigene Achse wirbelnd in die Tiefe. Und schon kracht mein Rücken auf das buckelige Pflaster.

Gaze reißt, harte Leimsplitter bohren sich in die Buchhülse. Der Schmerz des Aufpralls ist derart unerträglich, daß er mir die unsinnige Buchstabenfolge: **Zülchgälk!** entlockt.

Ich bleibe aufgeschlagen in der Gasse liegen und zähle benommen meine Seiten. Was habe ich für ein Glück gehabt! Nicht auszudenken, wäre mein Rücken auf der messerscharfen Granitkante des Gehsteigs aufgeschlagen: Giselas heimtückischer Mordanschlag wäre gelungen und ich zerfetzt und auseinandergerissen worden.

Ich stelle mir vor, wie Gisela und Gerold sich oben in der Wohnung lachend in die Arme fallen. Ich male mir aus, wie Giselas violetter Morgenmantel sich dabei wie zufällig öffnet und Gerolds keck aufwärts gebogene Nase sich auf ihren Nabel richtet. Meine Gedanken folgen ihnen auf den Speicher, wo sie sich händereibend über meine Bücherschätze beugen – als mich etwas Stacheliges, Klammes zurückholt in die Wirklichkeit …

Ein von borstigen Barthaaren umgebener feuchter Knubbel streicht kitzelnd über meine Seiten, bläst seinen fauligen Atem warm auf mich herab. Was immer es ist: es leidet unter bestialischem Mundgeruch!

– Ricki? Fuß!

Mach schon Köter! Geh zurück zu deinem Herrchen!

– Ricki?

Aber Ricki denkt nicht daran, Herrchen zu gehorchen. Ricki wird den Fund auf seine Weise feiern. Ein paar Spritzer sowie Schwaden eines penetranten Uringeruches zeigen mir an, daß ich nunmehr zu Rickis Revier gehöre. Ich hasse Hunde! Hundegebell gehört zu den schlimmsten Geräuschen, die ich kenne. Mein Leben lang haben mich die über die ganze Stadt verstreuten Hundehaufen vom Denken beim Spazierengehen abgehalten und meine Konzentration auf Trivialitäten wie verdächtige Stellen an Rasenrändern und auf dem Pflaster gerichtet.

– Brav, Ricki. So ist es brav.

Der Hund ist weg. Die Lache Urin, die er in meiner unmittelbaren Nähe zurückließ, strömt einen durchdringenden Geruch aus. Das Kopfsteinpflaster unter meinen aufgeschlagenen Deckeln ist mit einem ekelhaften Schmutzfilm überzogen.

Ich liege in der Gosse. Nichts kennzeichnet meine Lage besser als dieser pathetische, abgenutzte, kurze Satz.

Ich habe meine körperliche Unversehrtheit sowie mein gesamtes Vermögen verloren. Die Frau, die ich liebte, warf mich wie eine zerquetschte Küchenschabe aus dem Fenster. Ich bin am Tiefpunkt meines Lebens angelangt.

Ich habe es gründlich satt, ein Buch zu sein.

Wenn ich ein Mensch wäre, könnte ich, statt hilflos zu warten, bis sie kommen und mich in den Müllcontainer werfen, mich erheben und hinaufgehen. Ich könnte endlich auf den Tisch hauen, sie aus Geschäft und Wohnung treiben wie Jesus die Wechsler aus dem Tempel. Und während sie mit gesenkten Köpfen die Treppe hinabschleichen würden, könnte ich rasch auf den Speicher rennen und die Bücher aus der demütigenden Enge der Kisten befreien.

Ich will wieder Mensch sein: ein Buch vor Augen haben, lesen!

◆❖◆

Alle mir bekannten Verwandlungen in der Literaturgeschichte haben ihren Ursprung in der Welt von Schlaf und Traum.

Als Gregor Samsa eines Morgens aus unruhigen Träumen erwachte, heißt es bei Kafka und Gogols frei durch die Straßen von Petersburg flottierende Nase kehrt nach einer von ihrem Eigentümer durchschlafenen Nacht in das Gesicht von Kollegienassessor Kowalew zurück. Die Wandlung des grundanständigen *Henry Jekyll* zum bösen Affenmenschen *Edward Hyde* führt, wie Stevensons Protagonist bekennt, über ›eine Flut ungeordneter sinnlicher Bilder, die wie ein Mühlbach durch meine Phantasie brausten‹ …

Ohne mich diesen berühmten Vorbildern gleichstellen zu wollen, bleibt doch eines festzuhalten: Auch meiner eigenen Metamorphose ging eine mit unruhigen Träumen verbrachte Nacht voran. Was liegt näher, als den mühsamen Weg zurück vom Buch zur Menschengestalt durch das finstere Tal ungeordneter Phantasien und Träume zu versuchen? Diese Aufgabe ist – gerade für ein Buch! – nicht leicht.

Letztendlich gilt es, die Ordnung der Sätze, Ablauf, Sinn und Zusammenhang zu zertrümmern und über eine

Kette wild einfallender Assoziationen zu jenem dunklen Zentrum vorzustoßen, von dem jede Wandlung ausgeht.

Da mir, während ich obige Zeilen zu Papier brachte, spontan das Wort *Hundewurst* einfiel, beschließe ich nun, von dieser Grundlage aus ins Unbewußte aufzubrechen.

– Hundewurst – Hundekacke – Hundehasser – Hundefänger – Hundevergifter – Hundsfott – Hundeleben – hundemüde – hundeelend …

Während die Assoziationen aus mir herausbrechen spüre ich, wie mich erste Vorboten der Wandlung in einer Welle sanften …

… Drucks anrollen, mich erschüttern und erfassen!

– Ach du lieb's Herrgöttle, was isch nacha des?

Der Ausdruck ›lieb's Herrgöttle‹! Die schwieligen Hände! Das ist mir so vertraut, daß ich den Mann, der mich von der Straße aufhebt und zwischen andere Bücher in den Grabbelkasten vor dem Antiquariat steckt, förmlich vor mir sehe: Es ist der alte Kröck, der Donnerstagnachmittag die *Stadtpostille* austrägt, um seine Rente aufzubessern.

Die sanfte Welle, die mich ergriff, erschütterte und überrollte? War der ballongepolsterte Reifen seines schwarzen Herrenfahrrads!

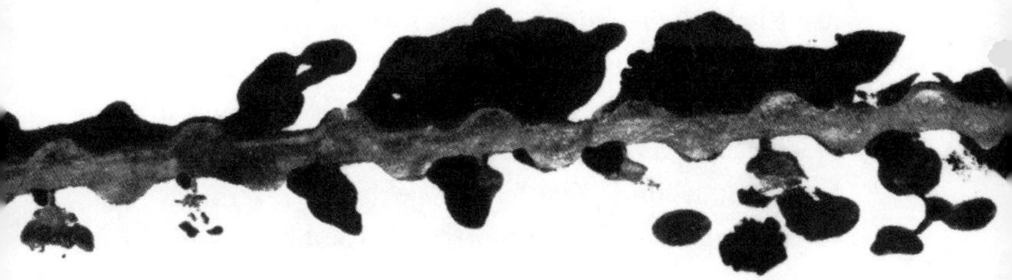

Im Grabbelkasten wird der Bücherabfall, werden die Titel, die für den Laden nicht mehr taugen, an den Mann gebracht. Hier liegen Mängelexemplare, suchen angestoßene, remittierte Bücher einen Käufer, hier heißt es für die Bestseller von gestern: Endstation.

Woher ich weiß, daß mich Opa Kröck in den Grabbelkasten gesteckt hat? Ich habe die Kiste sofort an der Glätte des Resopals erkannt.

Eine eingerissene Umschlagklappe hängt mir auf die Brust. Das Buch, das an mir lehnt, ist bös zerfleddert. Unter mir liegt ein gut ausgestatteter Oktavband. Halbleinen. Verfasser und Titel mit Gravuren eingeprägt. Die eingestanzten Großbuchstaben drücken deutlich in meinen Rücken. Es ist ein Leichtes, sie zu entziffern: NAPOLEONS LEBEN AUF SANKT HELENA. Der Klassiker von Heinrich Conrad, den ich erst vor kurzem für meine Privatbibliothek ersteigert habe! Der schamlose Ausverkauf meiner unter unsäglichen Opfern aufgebauten Biographiensammlung ist der Beweis, daß man nicht mit meiner Rückkehr rechnet.

Spätestens heute abend, wenn sie den Grabbelkasten in den Laden holen, werden sie mich entdecken und für immer aus dem Verkehr ziehen. So wie ich aussehe – mit Speiseresten und Kräutersud bekleckert, zerbeult vom Kopfsteinpflaster, aufgeschürft vom Rauhputz, von einem pinkelnden Hund und dem Fahrradreifen gezeichnet – habe ich wenig Chancen, einen Käufer zu finden, der mich von hier wegbringt. Und falls doch, wird er mich zur Kasse tragen, wo Gisela nur darauf wartet, mich abzufangen.

– *Es tut mir leid. Das Buch ist unverkäuflich.*

Es tröstet mich wenig, daß ich nicht das einzige Buch bin, das die zwei auf dem Gewissen haben.

Tat- und Bewegungsmenschen wie Gisela und Gerold tun nichts anderes als Regale entlangzulaufen und nach Büchern zu fahnden, die sie entfernen und vernichten können. Als kühlen Kosten-Nutzen-Rechnern geht ihnen die Vernichtung der Büchervielfalt über alles. Ein Buch aus dem Regal zu ziehen und als Remittende zum Verlag zurückzuschicken, seine Botschaft damit für alle Zeiten abzuwürgen, bereitet ihnen ein grausames Vergnügen.

Das Ausmustern von Titeln rangiert bei Sortimentern ihres Schlages vor persönlichen Vorlieben, der Bindung an einen Lieblingsautor oder der Qualität eines Buches. Die Reduzierung der Lagerkosten ist für sie das höchste anzustrebende Gut auf Erden. Was für den frommen Muslim der schwarze Stein von Mekka, für den gläubigen Katholiken die Madonna von Lourdes, ist für ihresgleichen das aus Bestsellerstapeln zusammengesetzte Mini-Sortiment.

Daß sie mit Büchern handeln und nicht mit Schweinehälften liegt am mangelnden Startkapital und ist ansonsten purer Zufall. Analphabetische Barbarenhorden, die Spürhunde der Zensur, Bücherverbrenner wie Herostrat, die Nazis oder die chinesischen Kaiser haben in über tausend Jahren in der Welt des Buches nicht die Verheerung angerichtet wie die seelenlosen Buchhalter und Regalausforster in den letzten zwanzig …

Ein Kunde!

Ein Kunde hat mich in seine Hand genommen!

Hilferuf!

Ich heiße Dieter Oger, bin 52 Jahre alt und der Inhaber des Antiquariats der Roten Hahnengasse, vor dem Sie gerade stehen.

Wenn Sie hier öfter vorbeikommen, werden Sie bemerkt haben, daß ich – eine auffällige Erscheinung: korpulent, Nickelbrille, flammend rotes Haar – seit längerer Zeit nicht mehr im Laden zu sehen bin. Das hat seinen Grund:

Ich wurde in d i e s e s Buch verwandelt.

Meine ehemalige Lebensgefährtin und ihr Liebhaber wollen mich nun vernichten, um den Laden ganz an sich zu bringen.

Ich muß fliehen. Bitte helfen Sie mir!

Auf legalem Wege wird dies nicht zu schaffen sein. Meine Widersacherin – Sie können sie durch die Ladenscheibe sehen – wird nur allzu froh sein, wenn Sie mich jetzt brav zur Kasse tragen.

Sie wird mich unter einem Vorwand einbehalten und anschließend verschwinden lassen. Weshalb ich Sie dringend ersuche, mich zu stehlen. Nehmen Sie all Ihren Mut zusammen!

Klauen Sie mich!

Es gibt mehrere Methoden ein Buch zu klauen.

Beim gängigsten Verfahren läßt man das Buch in einer mitgebrachten Einkaufstasche, Plastiktüte oder zusammengefalteten Zeitung verschwinden. Der Nachteil dieser Arbeitsweise ist, daß sämtliche Buchhändler auf dieser Welt sie kennen und den Kunden, der mit solchem Zubehör vor dem Regal steht, keine Sekunde aus den Augen lassen, um ihn schließlich an der Kasse aufzufordern, die Zeitung, Einkaufstasche, Plastiktüte usw. zu öffnen und vorzuzeigen. Gleichen Bekanntheitsgrad dürfte der Diebstahl per Mantel haben, bei dem die großen Innentaschen eines Mantels mit Büchern ausgepolstert werden, weshalb sämtliche Kunden, die einen geöffneten Mantel tragen, einer genauen Musterung unterzogen werden.

Besser ist es da schon, das Buch an einer Stelle des Körpers zu verstecken, die der Buchhändler ohne dringenden Verdacht nicht zu durchsuchen wagt. Der gewiefte Dieb schlägt deshalb in einem unbewachten Augenblick das Jackett zurück und steckt das Buch in den Hosenbund vor das Geschlecht.

Da auch dieses Verfahren mittlerweile nicht mehr unbekannt ist, weichen die Spitzenkräfte unter den Bücherdieben auf eine Technik aus, bei der das Buch unter das schlabbrige T-Shirt geschmuggelt und unter der naßgeschwitzten Achsel festgeklemmt wird. Der auf Taschen, Sakko- und Mantelträger fixierte Buchhändler wird der Gestalt, die da hocherhobenen Hauptes im Schlabber-T-Shirt aus dem Laden schreitet, keinen Blick nachwerfen. Die Tatsache, daß sich mein Dieb für diese Methode entschieden hat, weist ihn als Routinier aus. Für das gestohlene Buch ist die Prozedur wegen der Feuchtigkeit und der scharfen Ausdünstung der menschlichen Achsel übrigens alles andere als angenehm. Stickig ist es hier und viel zu eng. Schweiß perlt in dicken Tropfen über meinen Einband.

Mein Dieb tritt einen Schritt vom Grabbelkasten zurück, dreht sich um und schlendert, als könne er kein Wässerchen trüben, davon …

– Hallo? Du da!

Giselas Stimme! Die Ader schwillt. Sein Herz tut einen Riesensprung und pocht gegen den Buchkarton.

– Dürfte ich mal einen Blick in deine gelbe Tasche werfen?

– Aber sicher.

Mein Dieb geht in die Hocke, zieht offenbar die Tasche auf und in diesem Moment wird mir klar, wer er ist …

– Entschuldige vielmals, aber zur Zeit werden so viele Bücher gestohlen, daß ich stichprobenartig kontrollieren muß.

– Aber ich bitte Sie. Das ist Ihr gutes Recht.

Er richtet sich auf, geht langsam weiter. In der Schlagader hämmert das Blut. Schweiß rinnt in Strömen an mir herab.

Ganz schön raffiniert! Ein junger Mann im T-Shirt, mit großer postgelber Tasche, in der nie was drin ist. Ich sehe ihn vor mir. Der hochgewachsene Junge, der häufig im Laden auftauchte, so gut wie nichts kaufte und in fast jedem Regal, vor dem er lange gestanden hatte, eine klaffende Lücke hinterließ.

Einmal bin ich ihm nachgelaufen und er hat mich grinsend in die leere gelbe Tasche blicken lassen.

Als ich zurück in den Laden kam und kopfschüttelnd vor der Lücke stand, erklärte mir jemand, daß der von mir soeben Kontrollierte der jüngste Sohn von Professor **, einem an der hiesigen Universität lehrenden Völkerkundler, und ein ziemliches Früchtchen sei …

◆ ❖ ◆

– Na, mein Junge?

Jetzt hast du mich also in dein Diebesversteck gebracht. Wir beide wissen, daß es im ersten Stock des elterlichen Hauses liegt.

Wieso erstarrst du wie vom Schlag gerührt und hältst dich mit zitternden Händen an mir fest?

Ich weiß noch mehr über dich. Ich weiß, daß du rotblond bist und gerne ausgefallene Sonnenbrillen trägst. Ich könnte dich mit Vornamen anreden, tue es aber nicht. Du hast mich aus großer Gefahr errettet und ich werde mich großzügig erweisen.

Wir beide wissen, was für Bücher in deinem Zimmer stehen: du brauchst nur den Kopf zu heben und auf dein Regal zu gucken. Ich schließe es aus den Lücken, die du im Laden hinterlassen hast:

- Paul Auster, *Mond über Manhattan*
- Bram Stoker, *Dracula*
- Douglas Adams, *Der elektrische Mönch*
- *Sherlock Holmes Handbuch*

- Irvine Welsh, *Trainspotting*
- Josefine Mutzenbacher, *Meine 365 Liebhaber*

All die oben aufgeführten Titel übereigne ich dir hiermit offiziell und rechtmäßig, wenn du mich unverzüglich in einen frankierten Umschlag steckst und an folgende Adresse …

◆❖◆

Der Postweg ist für ein Buch hart und bitter.

Der Stempel trifft es trotz der Verpackung wie ein Faustschlag ins Genick. Achtlos fliegt es zu anderen Poststücken in einen Behälter, bei der Fahrt zur Sortieranlage wird es bis zur Besinnungslosigkeit durchgeschüttelt. Auf der Grobverteilerrinne verhakt sich der Umschlag, in dem ich mich befinde, stellt sich quer, verbiegt mich, bis ich endlich hervorgezogen und per Hand verworfen werde: Ich segle in hohem Bogen durch die Luft und scheuere eine grobe Rupfenwand entlang in die Tiefe.

Kurz darauf werden die Säcke zum Bahnhof gebracht und mit unvorstellbarer Rohheit in das Gepäckabteil geschleudert. Selbstredend komme ich zuunterst zu liegen: die Kanten schwerer Pakete bohren sich in meine Seite. Sofort setzt das Geschüttel und Gerüttel der fahrenden Eisenbahn ein, das man in Kindertagen liebte, aber für ein kleines Päckchen, wie ich es bin, ein schier erdrückendes Inferno bedeutet. Schließlich kann ich mich nicht rühren und gegen die auf mir lastende Paketpostmasse wehren. Endlich sind wir an unserem Bestimmungspostamt angelangt.

Ich werde zusammen mit anderen Sendungen zu einem Bündel geschnürt. Ich spüre, wie die morgendlich kühle Frischluft zu mir dringt und der Postbote das gummigepolsterte Wägelchen über die Bordsteinkante hievt.

Unser Bündel wird herausgezogen und in Hände gelegt, die unverzüglich beginnen, die Post zu sortieren. Plötzlich Schwindelgefühle, ich gewinne rapide an Höhe. Der Bürobote muß den Lift genommen haben. Ich erinnere mich, das große Verlagsgebäude schon einmal besucht zu haben.

Das Lektorat befindet sich im dritten Stock.

Die Autoren werden auch immer dreister. Da schickt einer seine Ergüsse bereits als fertiges Buch.

Die Hände, die mich aus dem Umschlag hervorgeholt und kurz aufgeschlagen haben, drehen mich mit dem Buchblock nach unten und schütteln mich heftig aus.

– Noch dazu ohne Begleitbrief!

– Ist gut, Frau Kammrath. Legen Sie's auf den Stapel mit den Unverlangt-Manuskripten!

Die Stimme! Ein unverwechselbares Organ, das an einen teuren knarzenden Herrenschuh erinnert.

– **Hallo!**

Schon hat mich die unbarmherzige Kammrath zugeschlagen und auf dem Unverlangt-Stapel abgelegt.

◆❖◆

Die Fragwürdigkeit des Lektorenberufes, hat Max einmal zur mir gesagt, würde einem bewußt, wenn man an die Tonnen von Unverlangt-Stapeln denke, die oft jahrelang unbeachtet in den Verlagen lägen, dort verrotteten und vergilbten.

Max und ich kennen uns seit frühester Jugend. Sein Vater war Dekan der geschichtlichen Fakultät und ein regelmäßiger Besucher der *Büchertonne*, wo er mit meinem Vater erregte Diskussionen über Universitätsinterna führte.

Bei einem dieser Besuche brachte er seinen halbwüchsigen Sohn mit. Ich kannte ihn vom Sehen. Er besuchte die Parallelklasse im Lukas-Cranach-Gymnasium. Seit jenem Tag waren wir unzertrennlich. Im Schulhof hielten wir uns, vertieft in geistige Gespräche, von der Menge der übrigen Knaben abgesondert. Ähnlich wie im Verhältnis der Väter gab Max die Themen vor, während ich die nötige Literatur beschaffte. Es war eine harmonische Freundschaft. Ich erinnere mich nur an einen einzigen Streit. Im Frühsommer des Abiturjahres schritten wir die still glucksenden Fluten der Völz entlang und debattierten, welches der rechte Weg für die Zeit nach der Schule sei. Während Max für das Hierbleiben und Studieren, für eine stille Wissenschaftlerexistenz im Turmzimmer der elterlichen Villa eintrat, drängte ich – ich hatte soeben Rudolf Rahns atemberaubende *Talleyrand*-Biographie gelesen – hinaus in die große weite Welt. Statt in unserem gottverlassenen Provinznest, beschwor ich ihn, müsse man in einer Weltstadt Jura oder Volkswirtschaft studieren, sodann ins Corps Diplomatique eintreten, wo ein Leben voller Reisen, Wagnis und politischem Ränkespiel auf einen warte.

Ob er denn nicht das geringste Fünkchen Ehrgeiz habe? Doch Max blieb stur. Sein Vater sei immer hier am Ort geblieben und dennoch auf dem Gebiet der Mediaevistik eine internationale Koryphäe geworden.

– Wenn du zu feig bist, schrie ich schließlich, gehe ich allein und lasse dich hier in deinem blöden Bücherturm versauern!

Zwei Monate nach dem Abitur – Max und ich trampten durch Südfrankreich – starb mein Vater und ich übernahm den Laden. Max begann sein Romanistikstudium hier am Ort, wechselte nach zwei Semestern an die FU Berlin, danach nach Bologna und Paris.

Max lebt heute als Cheflektor eines bedeutenden Verlages in einer Großstadt und ich sitze noch immer in dem ›gottverlassenen Provinznest‹, in dem ich niemals bleiben wollte. Ansonsten hat sich wenig an unserem Verhältnis geändert. Max teilt mir seine Themen mit, ich besorge die Bücher.

◆❖◆

– Tja, dann wollen wir mal … Frau Kammrath?

Das ist Max! Er hat mich zur Hand genommen, blättert zerstreut in mir und spricht langsam und abgehackt:

Sehr geehrte/geehrter Absender/in – Komma –

vielen Dank für die Zusendung Ihres Manuskripts – Anführungszeichen – Mein Leben als Buch – Punkt – Absatz:

Leider sehen wir keine Möglichkeit – Komma – es in

unser Programm aufzunehmen – Punkt – Sie erhalten Ihr Manuskript anbei zurück – Punkt – Absatz:

Bitte haben Sie dafür Verständnis – Komma – daß wir in Anbetracht der Vielzahl der unverlangt eingesandten Manuskripte keine detaillierte Begründung für unsere Entscheidung geben können – Punkt – Absatz:

Mit freundlichen Grüßen – Absatz:

Maximilian Grote

Klammer auf – Nach Diktat verreist – Klammer zu.

Wenn Sie mir dann noch sagen würden, wohin ich das Manuskript schicken soll? fragt die Kammrath in die letzten Worte des Diktats hinein.

– An den Absender! schnappt Max zurück. Wohin denn sonst?

– Und woher soll ich den bitte wissen? Es lag kein Begleitbrief dabei.

Max greift einen meiner Buchdeckel, wedelt mich ein paarmal durch die Luft.

– Der Kerl, der das hier auf dem Gewissen hat, wird uns doch seine Adresse …

– Vielleicht steht sie ja irgendwo im Buch?

Bravo, Frau Kammrath! Bravissimo! Max hört auf, mich wie einen Fliegenwedel auf und ab zu schwenken, und beginnt, mich nach meiner Adresse durchzublättern. Behende Finger schlagen Seite 9 auf, dann Seite 13, schließlich Seite 23, springen, als sie dort nicht fündig werden, vor auf Seite 70, auf Seite 90, 95, 100 …

Max!

– Ich bin es: Diogenes!

– Diogenes?

– Di-o-ge-nes, wiederholt die Kammrath, und mit Nachnamen?

– Max, es tut mir leid, daß ich mich in dieser Form unter deine Geschäftspost schmuggeln muß, doch ich brauche dringend Hilfe …

Sein Atem pustet plötzlich in kleinen, kurzatmigen Stößen auf mich nieder. Finger krampfen sich um meine Seiten.

– Oh Gott, was haben Sie denn? ruft die Kammrath. Sie sind ja kreidebleich! Ist Ihnen nicht gut?

Max steht auf, macht ein paar taumelnde Schritte.

– Soll ich Doktor Vogt anrufen?

– Danke. Es ist nichts. Ich lege mich drüben ein wenig hin.

Er geht auf schlackernden Beinen rüber in sein Büro, sinkt auf ein Sitzmöbel nieder, schlägt mich mit zitternden Fingern auf und beginnt zu lesen.

– Jetzt weißt du, wie es um mich steht …

In Windeseile hat mich Max, der professionelle Leser, überflogen.

– Tut mir sehr leid, murmelt er, besonders die Schweinerei mit Gisela und Gerold. Aber ich habe wirklich keine Ahnung, wie ich dir helfen kann.

Ich bringe mein Anliegen vor:

– Alles, worum ich dich bitte, ist, Gisela auf einem

offiziellen Verlagsbriefbogen mitzuteilen, daß der Verlag mich in einer Startauflage von sagen wir 5.000 Exemplaren zu veröffentlichen gedenkt. Leider sei ich nicht einverstanden und du würdest sie dringend ersuchen, auf mich einzuwirken, einer Veröffentlichung zuzustimmen.

Wie ich Gisela und ihren – übrigens verheirateten! – Provinzgigolo kenne, wird ein solches Schreiben sie in Panik versetzen. Die armseligen Feiglinge würden alles tun, um einen Skandal zu vermeiden, und ich hätte sie – da die Veröffentlichung letztlich nur von meiner Zustimmung abhinge – völlig in der Hand!

Max ist bei dem Wort ›Veröffentlichung‹ zusammengezuckt.

– Du stellst dir das etwas zu einfach vor, Diogenes: Eine Zusage an einen Autor ist eine hochoffizielle Sache. Dabei kann ich meinen Verleger unmöglich übergehen.

– Es muß nicht offiziell sein. Du setzt dich einfach an deine Schreibmaschine und teilst Gisela mit, daß ich dir gefallen hätte und du in alter Freundschaft versuchen würdest, mich bei deinem Verleger durchzuboxen …

Max ist aufgesprungen und geht in gleichmäßigem Schritt im Zimmer auf und ab.

– In meinem Büro steht keine Schreibmaschine.

– Dann nimm einen Verlagsbriefbogen und schreib ihr per Hand.

– Das Briefpapier ist drüben bei Frau Kammrath.

– Dann geh rüber zu ihr, sag, du fändest mich doch nicht so übel, und diktier ihr den Brief.

Max erstarrt und bleibt wie vom Schlag getroffen stehen.

– Das geht nicht: Ich habe dich bereits abgelehnt.

– Dann hast du deine Meinung eben geändert!

– Das ist völlig unmöglich. Ich gelte in diesem Haus als Spürnase mit untrüglichem Instinkt – mich zu revidieren, hieße meinen Ruf aufs Spiel zu setzen!

– Soll das heißen, du wirst mir nicht helfen?

– Das habe ich nicht gesagt!

Die Erstarrung löst sich, er geht einige rasche Schritte durch das Zimmer, sinkt auf einen Stuhl.

– Natürlich helfe ich dir. Laß mich nur kurz überlegen, wie.

Sein Daumen blättert gedankenverloren zum Anfang zurück.

– Es muß offiziell gehen, über die Lektorenkonferenz … ich glaube, ich hab's! Ich werde dir einen fiktiven Begleitbrief verpassen und dich Burckmair geben. Er ist mein schärfster Konkurrent im Haus. Wenn ihm zu Ohren kommt, daß ich dich abgelehnt habe, wird er sich bemüßigt fühlen, vehement für dich einzutreten. Und weil der Alte mir zuletzt in der Fowler/Tomkins-Sache recht gab, wird er sich diesmal auf die Seite von Burckmair schlagen – das hält er immer so.

Ein genialer Plan mit einem großen Haken.

– Wenn Burckmair, gebe ich zu bedenken, diese Zeilen liest, wird er den Braten riechen und …

– Wird er nicht, triumphiert Max: weil ich die Seiten mit unserem Gespräch schlicht und einfach unterschlagen werde!

– Du … du willst die Seiten aus mir herausreißen?
– Unsinn! Ich werde einfach vergessen, sie zu fotokopieren.

◆❖◆

Mich fotokopieren? Klonen? Ein Double meiner unverwechselbaren Persönlichkeit anfertigen?

Bevor ich meinen Protest zum Ausdruck bringen kann, durchmißt Max in langen Schritten den Raum und knallt mich bäuchlings auf eine blank polierte Fläche. Die Buchdeckel wie Schwingen ausgebreitet, bleibe ich benommen liegen: ein vom Himmel gefallener Vogel. Ein gummigepufferter Deckel preßt mich gegen die Glasscheibe, Hitze leckt über meinen ungeschützten Bauch. Ich spüre die Wärme des verglühenden Blitzlichts unter mir vorbeiziehen. Ein sanftes Rütteln verkündet, daß die Fotokopie der ersten beiden Seiten in den Auffangbehälter gleitet.

Schon klappt der Deckel wieder hoch, Maxens Hand ergreift mich, blättert um, drückt mich erneut gegen die kühle Scheibe. Hitzeschauer. Rütteln. Die zweite Fotokopie schiebt sich über die erste. Und weiter: Deckel hoch, Umblättern, Blitz, Gerüttel: Fotokopie Nummer 3.

Deckel, Blättern: Nummer 4!

Hitzeblitze durchpulsen meinen offen dargebotenen Leib wie Wellen heißen Bluts: Fotokopien Nummer 5, 6, 7!

Deckel, Blättern, Stoß! Der Apparat, der unter meinem Stoß erzittert: Kopie Nummer 8!

Deckel, Blättern, Blitz – Gefühl trunkener Macht: Ich lasse in wilder, verschwenderischer Freude meine Früchte fallen! Ich mehre mich und mache mir die Erde untertan!

◆❖◆

Max hört auf, mit den Fingern nervös auf meinen Buchdeckel zu trommeln, und klappt mich auf. Mitten in Burckmairs Eloge.

– Spannend, witzig, flott geschrieben …

Ich habe eine genaue Vorstellung, wo wir uns befinden. Bei meinem letzten Besuch hat mir Max das Verlegerzimmer gezeigt und erklärt, wie das Entscheidungsritual üblicherweise abläuft.

Max sitzt dabei zur Rechten und Burckmair zur Linken des Verlegers, der am Kopf des hochglanzpolierten schwarzen Konferenztisches mit geschlossenen Augen ihren Argumenten folgt und an seiner Zigarette zieht. Ich fühle Schwaden eines fermentierten Tabaks über meine Seiten streichen.

– … kurzum ein großartiger, von der Grundidee her hoch origineller, äußerst fesselnder Roman.

– Ihr Herr Kollege, wendet der Verleger ein, scheint nicht dieser Meinung zu sein. Herr Grote, warum haben Sie das Manuskript abgelehnt?

– Aus mehrerlei Gründen, antwortet Max, und beugt sich, eine schwitzende Hand auf mich gestützt, über den Tisch.

– Zum einen finde ich die Idee so ungeheuer originell

nun auch wieder nicht. Ich darf Sie daran erinnern, daß einer der Säulenheiligen der phantastischen Literatur, nämlich Gogol, ein Klassiker, den der Autor des vorliegenden Werkes mehrfach erwähnt, denselben Einfall hatte. Wir alle kennen die Zeichnung, die Gogol auf dem Sterbelager verfertigte: den weit aufgerissenen Rachen eines überlebensgroßen Buches, das ein in ihm hockendes, zusammengekauertes Männlein verschlingt – so weit zum Punkt der Originalität. Zum anderen fand ich den Zustand, in dem das Manuskript hier bei uns ankam – geschwärzte Seiten, Fett- und Weinflecken, der Abdruck eines Fahrradreifens – schlichtweg unzumutbar.

– Entschuldigen Sie, schaltet sich Burckmair ein, wenn ich hier unterbreche, aber die bewußte Vernachlässigung der äußeren Form ist Bestandteil des Konzeptes. Mit diesem in der Geschichte der Literatur erstmals eingesetzten und, wie ich meine, genialen Stilmittel verweist der Autor den Leser auf die Körperlichkeit des Mediums Buch.

– Und bleibt dadurch, triumphiert Max, auf der geistigen Kriechspur, im rein Äußerlichen stecken! Anstatt das Buch mit einem großen Kopf zusammenstoßen zu lassen, schildert der Autor das Leben dieses Buches auf derart triviale Weise, daß man sich fragt, wieso er nicht ein Tischfeuerzeug zum Gegenstand seiner Betrachtung …

– Einspruch! heult Burckmair auf. Das Buch als Objekt, das man im Unterschied zur flüchtigen elektronischen Information beriechen kann, betasten, in den Schrank stellen: das ist ja gerade das Sujet dieses großartigen Romans.

– Großartig? Und was sagen Sie zu Formulierungen

wie dieser – ich zitiere: *Vielleicht habe ich doch mehr Hundeurin abgekriegt, als ich mir eingestehen wollte?*

– Hundeurin? hustet der Verleger, eine dicke Wolke Rauch in unsere Richtung blasend.

– Ich bitte Sie, ruft Burckmair, es ist ein Debütroman. Selbstverständlich wird man die eine oder andere sprachliche Unsicherheit kürzen müssen.

– Wenn Sie das tun, wendet Max ein, wird von Ihrem angeblichen Meisterwerk nichts übrig bleiben. Denn was Sie sprachliche Unsicherheit zu nennen geruhen, lieber Herr Kollege, ist in Wahrheit das Konstruktionsprinzip des von Ihnen so gepriesenen Romans, bei dem das aufgeschlagene Buch die Gegenwart in Realzeit wahrnimmt und somit gezwungen ist, uns jedes noch so banale Detail geschwätzig mitzuteilen. Ob das endlose Gewäsch irgendwelcher Bücherkunden oder die Struktur einer Herrenunterhose, die Funktionsweise einer Waschmaschine – dem Leser bleibt nichts erspart. Nicht einmal der Postweg, auf dem das Machwerk bis hierher in den Verlag gekommen ist.

Etwas sengend Heißes, die Spitze der Verleger-Zigarette, taucht über mir auf und deutet glühend auf mich herab.

– Sie meinen, höre ich den Verleger rufen, es wird geschildert, wie das Ding hier bei uns im Verlag ankommt?

– Nicht nur das, antwortet Burckmair, wir erfahren, wie Frau Kammrath es auspackt und daß ihre Stimme, ich zitiere: *an einen teuren knarzenden Herrenschuh erinnert.*

– Hat gründlich recherchiert der Bursche … geben sie mal her!

Ich stelle mir die süffisante Miene vor, mit der Burckmair die Fotokopien über den Tisch reicht.

– *Teurer knarzender Herrenschuh* – tatsächlich! Und weiter? Das kann doch nicht der Schluß sein?

– Das Manuskript liegt uns nur bis Seite 96 vor. Wie der Autor uns in seinem Begleitbrief mitteilt, wird das restliche Drittel des Romans, ich darf zitieren ...

Maxens Daumennägel bohren sich in meinen Buchblock, während Burckmair aus dem getürkten Begleitbrief vorliest.

– ... *ganz vom Resultat der Begegnung mit einer der letzten unabhängigen Verlegerpersönlichkeiten abhängen.* Mit anderen Worten: der Autor macht den Fortgang seines Buches von Ihrer verlegerischen Entscheidung abhängig.

Max beugt sich über den Tisch:

– Ganz schön selbstbewußt für einen Debütanten!

– So dürfen Sie nicht denken, lieber Grote, wendet der Verleger ein, schon gar nicht als Spürnase und Lektor. Sie kennen die Geschichte, die aus einer unbedeutenden Pariser Druckerei die weltberühmte *Editions de Minuit*, eines der bedeutendsten Verlagshäuser Europas machte? Der legendäre Jérôme Lindon hat sie mir auf einer Buchmesse in den frühen Sechzigern selbst erzählt. Im Jahre 1951 taucht die Ehefrau eines völlig unbekannten irischen Autors bei ihm auf und drückt ihm ein Manuskript in die Hand. Auf dem Deckblatt steht *Molloy, von Samuel Beckett.* Lindon ist auf Anhieb begeistert. Natürlich war es erst einmal ein Risiko. Heute verkauft er allein von *Warten auf Godot* jährlich über 30.000 Exemplare! Verstehen

Sie? Als Verleger müssen Sie auch mal ins kalte Wasser springen. Das ist Teil des Geschäfts.

– Ich darf dem Autor, hakt Burckmair nach, also Hoffnung machen?

– Vorbehaltlich einiger Kürzungen und einem akzeptablen Schluß, entscheidet der Verleger und klopft auf den Tisch: Weiter meine Herren. Was liegt als nächstes vor?

– Der neue Ryder: *Slime.* In den USA bereits ein Bestseller. Skrupellosen Genforschern gelingt es, die Mutation einer fleischfressenden Pflanze …

– Machen wir. Eh klar. Nächster Titel?

◆⁘◆

Kaum sind wir allein in seinem Büro, wirft Max mich übermütig in die Lüfte, fängt mich auf, drückt mich an seine Brust.

– Gratuliere. Du hast es geschafft!

– Vorbehaltlich einiger Kürzungen, gebe ich zu bedenken.

– Womit der Alte recht hat. Dein dauerndes Präsens geht dem Leser auf die Nerven. Du mußt den Mut haben, auch mal was zusammenzufassen, in der Vergangenheitsform zu erzählen.

– Etwa so?

Da Max der Ansicht war, daß meine wortwörtlich wiedergegebenen Dialoge den künftigen Leser ermüden würden, bat er mich, das letzte Drittel meiner Story einer gewissen Raffung zu unterziehen.

– Ich wußte du kannst es!

– Und der Schluß? Hast du auch schon eine Idee, wie ich enden könnte?

– Aber sicher! Du wirst veröffentlicht und grinst aus jedem Buchregal!

– Ehrlich gesagt, weiß ich gar nicht mehr, ob ich überhaupt veröffentlicht werden will …

– Was redest du da für einen Unsinn?!

Bevor mich seine nervöse Klammerhand in die Ecke schleudert, füge ich rasch hinzu:

– Vielleicht sollte ich mich doch noch mal ernsthaft bemühen, zu menschlicher Gestalt zurückzukehren?

– Und wie soll das gehen?

– Es sind noch längst nicht alle Möglichkeiten ausgeschöpft. Ich könnte es bei einem Wunderheiler versuchen, mit Hypnose, Schamanismus, Handauflegen …

Max lacht. Ich spüre es an den Erschütterungen seiner Handgelenke.

– Das wäre das Idiotischste, was du machen könntest. Ohne dir nähertreten zu wollen: als Mensch und Antiquar bist du gerade mal Durchschnitt. Als Buch bist du die absolute Sensation.

– Das sagst du nur, um mich zu …

Ohne den Rest meiner Antwort abzuwarten, schlägt Max die Buchdeckel zusammen und schiebt mich in einen wattierten Briefumschlag.

(Ich überspringe den Postweg, obwohl es einiges darüber – Einschreiben mit Rückschein! – zu berichten gäbe.)

◆❖◆

– Liebe Gisela!

Das muß ein schöner Schock für dich gewesen sein, als dir der Postbote, gegen elf Uhr wie ich annehme, das Päckchen in die Hand drückte.

Gerade sagst du noch, von diesem Verlag erwartest du kein Päckchen, schon lugt der gute, längst auf dem Müll geglaubte Diogenes aus dem Umschlag …

Du bist erschrocken! Versuch es bitte nicht zu leugnen. Zu Eis erstarrt! Als wäre ich ein ekliges Schleimtier und du die Königstochter!

Bist du nicht?

Und weshalb sonst hat die Kundin mit der brüchigen Altweiberstimme, während du Burckmairs enthusiastischen Begleitbrief überflogen hast, ›Um Himmelswillen was haben Sie denn?‹ gerufen?

Wir beide wissen warum: Weil du hier in dieser Kleinstadt erledigt bist und zum Gespött der Leute wirst, wenn ich tatsächlich veröffentlicht werden sollte, was ich mir – noch habe ich die Einwilligung dazu nicht gegeben – durchaus vorbehalte.

Solltest du jedoch abermals versagen und meine bescheidenen Wünsche und Erwartungen enttäuschen, wird dein Gerammel mit dem Juniorchef der *Dombuchhandlung* und der anschließende Mordversuch …

Wieso zittern deine Hände als wären sie aus Wackelpudding? Was machst du?

Schlägt mich zu und rennt in Richtung Telefon …

◆❖◆

Ich werde von kräftigen Männerhänden aufgeschlagen.

– Was behauptest du da für Sachen?

Das unverkennbare sonore Prickeln: Gerold. Sie hat ihren Liebhaber zu Hilfe gerufen.

– Was den blödsinnigen Vorwurf angeht, ich wäre mit Gisela ins Bett gestiegen …

Er geht ein paar rasche Schritte zur Seite, führt mich dicht vor seinen Mund. Die Stimme sinkt ab zu einem Flüstern.

– Versteh mich bitte nicht falsch: Ich finde, Gisela ist eine tolle Frau, der man ihre 43 Jahre nicht im geringsten … Aber Sabine ist nun mal um gute 20 Jahre jünger, ihre Familie hat seit Generationen einen Sitz im Stadtrat … ich werde den Teufel tun und so eine Beziehung aufs Spiel setzen, um mit einer wesentlich Älteren … Diogenes! Das ist absurd!

Er drückt mich an seine Brust, nestelt etwas aus der Innentasche seines Jacketts und wedelt es über meine Seite.

– Falls du mir nicht glaubst … hier die Hotelquittung. Der unumstößliche Beweis, daß ich am fraglichen Tag, dem 7. September, mit meiner Frau in der Toskana war. Um letzte Zweifel zu zerstreuen, werde ich dir die Rechnung auf die nächste Seite heften. Du erlaubst?

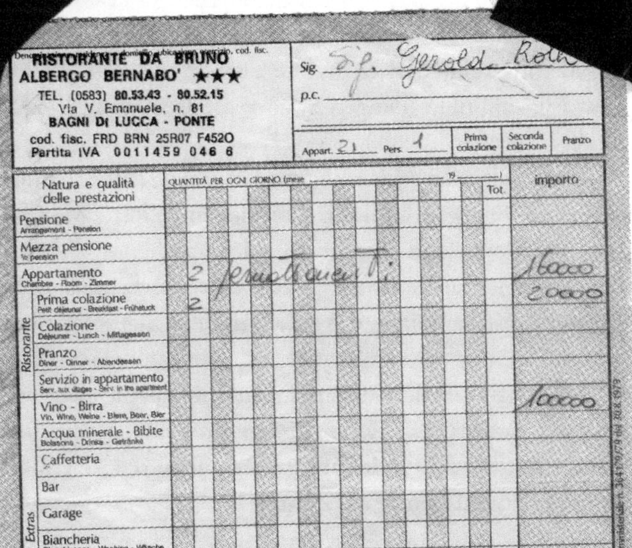

RISTORANTE DA BRUNO
ALBERGO BERNABO' ★★★
TEL. (0583) 80.53.43 - 80.52.15
Via V. Emanuele, n. 81
BAGNI DI LUCCA - PONTE
cod. fisc. FRD BRN 25R07 F4520
Partita IVA 0011459 046 6

Sig. Sig. Gerold Roth
p.c.

Appart. 21 Pers. 1 | Prima colazione | Seconda colazione | Pranzo

Natura e qualità delle prestazioni	Quantità per ogni giorno (mese ... 19...)	Tot.	importo
Pensione (Arrangement - Pension)			
Mezza pensione (½ pension)			
Appartamento (Chambre - Room - Zimmer)	2 pernottamenti		160000
Ristorante: Prima colazione (Petit déjeuner - Breakfast - Frühstück)	2		20000
Ristorante: Colazione (Déjeuner - Lunch - Mittagessen)			
Ristorante: Pranzo (Dîner - Dinner - Abendessen)			
Ristorante: Servizio in appartamento			
Extras: Vino - Birra (Vin, Wine, Weine - Biere, Beer, Bier)			100000
Extras: Acqua minerale - Bibite (Boissons - Drinks - Getränke)			
Extras: Caffetteria			
Extras: Bar			
Extras: Garage			
Extras: Biancheria (Blanchissage - Washing - Wäsche)			
Extras: Bagni (Bains - Baths - Bäder)			
(comprensivo di Iva) TOTALE A (Total - Amount - Summe)			
Telefono			28000
TOTALE B (Total - Amount - Summe)			
Pagamenti (Encaissements - Settlements - Zahlungen)			
TOTALE (Total - Amount - Summe)			
Pagamenti (Encaissements - Settlements - Zahlungen)			
Somma dovuta (A payer - Total amount - Endsumme)			308000
Corrispettivo non pagato			

T 0483512

☒ RICEVUTA FISCALE
☐ FATTURA (Ricevuta fiscale) (D.D.M.M. 13-10-1979 e 18-1-1980)

n. .... li 7 sett.

Conteggio IVA (su totale A) | imponibile | % | imposta

Rodotti Mod. 1663-F (a)

Kein dümmeres Vorurteil, als daß Papier geduldig ist: Ich rase vor Wut! Wer bin ich denn? Ein Poesiealbum? In das belanglose Nebenfiguren vom Schlage eines Gerold mit Tesafilm ein Blatt einkleben dürfen?

– Entschuldige, Diogenes, aber die Rechnung ist d e r Beweis, daß ich …

– Ich will dich hier n i e wieder sehen! Falls du noch einmal in meinem Umkreis auftauchen solltest: Max hat eine Fotokopie von mir und Order, mich notfalls auch als Fragment zu veröffentlichen, falls Gisela ihm nicht zu bestimmten Zeiten das telefonische Codewort übermittelt …

Das sitzt! Gerold läßt mich auf die mit Papierkram übersäte Schreibtischplatte sinken und eilt davon. Die Blätter unter mir durchläuft ein Rascheln: die Erschütterung der zuschlagenden Ladentür.

◆❖◆

Liebe Gisela!

Nach dieser mehr als überflüssigen Unterbrechung greife ich wieder gerne auf die monologische Briefform zurück.

Wie du siehst, hast allem Anschein zum Trotz nicht etwa du mich, sondern ich habe dich in meiner Hand, was im Klartext bedeutet: Ab jetzt wirst du nach meiner Pfeife tanzen!

Ich bitte dich in deinem eigenen Interesse den Anweisungen, die ich dir nun gebe, genauestens zu folgen:

1. Da ich, um die exakte Ausführung meiner Befehle zu überprüfen, stets in deiner Nähe sein muß, wirst du mich – aufgeschlagen wie ich bin – in eine Klarsichthülle stecken, eine ca. 40 cm lange Paketschnur durch die für den Leitzordner vorgestanzten Löcher ziehen, die Enden fest verknoten, mich um deinen Hals hängen und immer auf dem Herzen tragen.

2. Wirst du auf der Stelle (ich weiß, daß es erst kurz nach elf ist) das HEUTE GESCHLOSSEN-Schild an die Tür hängen, den Laden schließen und nach Hause gehen.

3. Drüben in der Wohnung wirst du feststellen, daß zahllose Regale leer sind. Du wirst – ohne Zwischenmahlzeit oder Ruhepause – die schweren Bücherkartons aus dem Speicher in die Wohnung tragen, bis meine Bibliothek, soweit noch vorhanden, wieder auf ihrem angestammten Platz steht.

Hast du das alles erledigt, wirst du weitere Instruktionen von mir bekommen. Bis dahin viel Spaß beim Bücherschleppen!

Diogenes

◆ ❖ ◆

Nachdem Gisela die schweren Kisten runtergeschleppt, die Bücher ausgepackt und in alphabetischer Reihenfolge in die Regale eingeordnet hat, erlaube ich ihr, sich auf den Küchenstuhl zu setzen, ein Käsebrot zu essen und zu ihrer geistigen Erbauung in mir zu blättern …

Sie hält mich in beiden Händen, die schwer atmende Brust wie unabsichtlich gegen die Unterkante des Buchblocks gedrückt.

Im Grunde rührend wie sie nach wie vor den Körper einsetzt, in dem Irrglauben mich durch simple Palpation weiblichen Fettgewebes bei Laune zu halten. Wie kindlich egozentrisch sie an der Vorstellung festhält, mein ganzes Sinnen und Trachten ziele nach wie vor auf ihren Leib, der unter mir atmet, sich hebt und senkt, bewegt und windet.

Arme Gisela … alles, was mich noch an deinem Körper interessiert, sind deine Seh- und Sprechwerkzeuge. Sie werden mir dazu dienen, den seit meiner Wandlung zum Buch angestauten Lesedurst zu stillen.

Du wirst für mich lesen, Gisela! Wirst mein Medium sein und meine Brille: vorlesen bis zur völligen Erschöpfung, bis die Augen trüb sind, die Mundwinkel fransig! Du wirst mir das verschaffen, was ich brauche wie der Süchtige die Spritze, wirst mich als Ausgleich für das, was du mir angetan hast, mit dem großen Atem der Weltliteratur füllen.

– Hast du aufgegessen?

– Ja.

– Dann geh ins Bad und wasch dir die Hände.

Sie schiebt mich zurück in die Klarsichthülle, die um ihren Hals hängt, steht auf, tut gehorsam die paar Schritte ins Bad, bleibt vor dem Waschbecken stehen und wäscht sich die Hände.

– Und was jetzt?

– Abtrocknen.

– Hab ich schon.

– Wenn du die Bücher so eingeordnet hast, wie ich es dir gesagt habe, stehen die *Bekenntnisse* im Franzosenregal im Schlafzimmer, ganz oben hinter dem Bett. Ein ziemlich dicker Band mit eierschalenfarbigem Schutzumschlag. Auf Seite 539 steckt eine hellblaue Papierserviette. Dort schlägst du auf und liest mir vor.

◆❖◆

Gisela liest meine Lieblingsstelle, in der Rousseau schildert, wie sein Buch *Julie oder Die neue Heloise* vom Leser aufgenommen wurde:

– Ein fliegender Buchhändler brachte es der Frau Prinzessin von Talmont am Tage des Opernballs. Nach dem Abendessen ließ sie sich ankleiden, um dorthin zu gehen, und begann den Aufbruch erwartend den neuen Roman zu lesen.

Um Mitternacht befahl sie anzuspannen und las weiter. Man meldete ihr, die Pferde seien angespannt. Sie antwortete nichts. Ihre Leute machten sie, da sie sie ganz versunken sahen, darauf aufmerksam, daß es zwei Uhr sei.

»Es eilt noch nicht«, sagte sie und las immer fort. Etwas später, da ihre Uhr stehengeblieben war, schellte sie und fragte, wie spät es sei. Man entgegnete ihr, es sei vier.

»Dann ist es schon zu spät, auf den Ball zu fahren«, erklärte sie, »man möge wieder abschirren.« Sie ließ sich auskleiden und verbrachte den Rest der Nacht mit Lesen …

Es ist, als klappe der Boden unter mir weg. Rousseaus berühmter Text rauscht spurlos an mir vorüber. Vergebens versuche ich, eines der Worte festzuhalten.

Mein Leben ist auf Lesen ausgerichtet. Bücher sind mein Fenster zur Welt. Erlischt mein Interesse an Literatur, zerreißt das Band, das mich mit Raum und Zeit verbindet.

Zu meiner Überraschung läßt mich die Entdeckung kalt. Kein Aufbäumen und kein Protest, kein Hiob, der die Fäuste schüttelnd sein Schicksal verflucht. Im Gegenteil. Mit einem Mal bin ich von tiefer Heiterkeit erfüllt. Lächerlich sich angesichts des Todes an ein Buch zu klammern!

Aus einer Vision bunter Nebelringe tauchen altbekannte Formen vor dem inneren Auge auf. Ich habe das Gefühl zu schweben, wie ein federleichtes Staubflöckchen an die Zimmerdecke aufzusteigen. Ich ›sehe‹ die Küche unter mir. Deutlich kann ich die Kochzeile, den Kühlschrank, die Sitzgruppe mit Gisela erkennen. Sie sitzt, die aufgeschlagenen *Bekenntnisse* in Händen, vor dem Küchenfenster und liest laut vor. Eine Weile gucke ich ihr zu. Ulkig, wie die roten Lippenwülste an den Wörtern kauen. Mein Blick gleitet über ihren Unterkiefer auf das um ihren Hals hängende Buch. Ich sehe mich wie durch ein Fernglas, überscharf und deutlich in meinem mitleiderregenden Zustand – die Ecken angestoßen, der Buchblock zerfleddert – und denke, ohne etwas dabei zu empfinden: Das bist du.

Doch es geht mich nichts mehr an. Ich bin von einer herrlichen Wurstigkeit erfüllt, dem euphorisch geblähten Ballongefühl, das einer hat, der im nächsten Moment vor Lachen platzt, bereit ist, der Welt für immer Adieu zu sagen …

Bis ich den Lichtreflex auf der Fensterscheibe tanzen sehe. Brennender Haß durchzuckt mich! Hat unser trinkfreudiger Hausmeister wieder mitten in der Nacht den Hund in den Hof gelassen, damit er das ganze Haus wachbellt? Habe ich über 30 Jahre lang gierig wie ein Trüffelschwein die Lebenläufe großer Geister, von Aristoteles bis Zwingli, in mich aufgesogen, mehr als zwölftausend Bücher in mich hineingefressen, damit jetzt – statt einer geschliffenen Sentenz von Plato, Augustinus, Schopenhauer – Plavsics verfluchte Höllentöle Gegenstand meiner letzten Worte ist!?

Gisela liest:

– *Mein Talent bestand darin, den Menschen nützliche Wahrheiten zu sagen …*

Doch die papierenen Resümees fremden Lebens lösen nichts als Ekel in mir aus. Was soll i c h damit? Bin ich nicht selber aus Papier?

Ein nagendes Gelüst nach Nichtigkeiten bricht in mir auf, namenlose Gier auf Nebensachen mit Tausenden von Fragen:

- Wie sieht der Plavsic-Köter aus? Rasse, Geschlecht, Farbe?
- Turnt ein Weberknecht an der Gardine?
- Trägt Gisela Gesundheitssandaletten oder ihre Filzpantoffeln?
- Wieviel Uhr ist es?
- Welche Jahreszeit?
- Was für ein Baum steht hinter dem Tonnenhäuschen? Eine Pappel? Erle? Linde oder Buche?

Der Energiestoß durchzittert die Reihen der fliegenbeinigen Buchstaben. As und Vs laufen zusammen und bilden eine Phalanx scharfkantiger Zähne …

VVVVVVVVVVVVVVV
AAAAAAAAAAAAAA

Noch lacht ihr. Paßt gut auf da draußen!

Gleich werden diese Hauer die platonische Höhle zwischen den Buchdeckeln verlassen, um sich ihr kräftiges Stück aus eurer Welt herauszureißen!

III

◆ Der Plavsic-Köter ist ein ausgewachsener Schweizer Sennenhund mit schwarzem Fell, rostroten Abzeichen an Läufen und beidseits der Brust, mit weißen Flecken an Nasenrücken und Rutenspitze. Während das rechte Ohr herabhängt, ist das linke meist nach vorn gedreht.

◆ An der Küchengardine aus hellgrünem Rupfen ist derzeit kein Weberknecht zu sehen.

◆ Giselas Füße stecken weder in den graubraunen Filzpantoffeln mit der grünen Borte noch in ihren pinkfarbenen Gesundheitssandaletten, sondern in den bequemen dunkelblauen Collegeslippern, die sie sich diesen Sommer in der hiesigen Fußgängerzone bei *Schuh-Unsöld* gekauft hat.

◆ Die Krone des Baumes hinter dem Tonnenhäuschen reicht jetzt bis zum Küchenfensterbrett hinauf. Der Baum sei übrigens eindeutig – sie habe das handliche *BLV: Bäume und Sträucher*-Bestimmbuch auf den Knien – eine Linde. Typisch die herzförmigen, an den Rändern scharfgesägten gelben Blätter, in denen man dank Plavsics nachlässiger Hausmeisterschaft knöcheltief im Hof versänke.

◆ Die Jahreszeit: ein milder, fast noch zu sommerlich warmer Herbst.

◆ Das heutige Datum: der 21. des Monats Oktober, früher Morgen, genauer gesagt 4 Uhr 34.

Gisela, mein Auge, das für mich die Wirklichkeit durchforstet! Sie hält mich ostentativ vor ihren Mund, gähnt:

– Uuuuuuuuuuuuuuuuuuuu.

Außerdem müsse sie langsam, aber sicher mal wohin.

Auf dem Weg ins Badezimmer begeht sie den Fehler und erzählt von Blumen auf dem Schuhschrank im Flur. Trotz ihrer vollen Blase muß ich auf detailgenauer Schilderung bestehen. Der Strauß, den sie vorgestern in der *Blumenstube* in der Rühlgasse gekauft hat, besteht aus:

◆ einer großen Aster, fuchsrot.

◆ zwei mittelgroßen Astern, zartviolett, die Blütenblätter der kleineren bereits braun verfärbt.

◆ zwei goldgelben Dahlien, eine groß und stark, die andere zart und klein.

◆ drei mittelgroßen Dahlien, taubenblau.

◆ zwei getrockneten Lampionenblumen, zinnoberrot, eine davon am Stengel geknickt.

Der während meiner Abwesenheit angeschaffte neue Duschvorhang von Ikea sei orange und mit acht durchsichtigen Plastikringen an der Duschvorhanghaltestange angebracht.

Inzwischen ist es kurz vor acht, wir sitzen im Wohnzimmer am offenen Fenster und ich warte darauf, daß sie eine der Tauben schildert, die in der Fensterhöhle gegenüber hocken.

– Wen interessieren schon die Scheißtauben!?

Mich interessieren sie! Sogar brennend! Seit meinem Ausbruch aus den öden Zeilengittern interessiert mich wahl- und unterschiedslos alles! Von der Lilie auf dem Felde bis zum in die Pflasterritze eingetretenen Scheißekrümel: Hauptsache Sinnessensationen! Je kunterbunter sie auf mich niederprasseln, desto heftiger der Schauer des Entzückens.

– Mir ist kalt.

Tatsächlich: die Hände, die mich halten, zittern. Ein Hüsteln erschüttert Brust und Schultern. Ich werde den Heißhunger auf die Wirklichkeit vor meinem Fenster zügeln müssen. Giselas Körper ist meine Brücke zur Welt. Ich kann nicht zulassen, daß meine Sinnesorgane sich erkälten.

◆❖◆

Im Ofen brennt ein lustiges Feuer. Das Fenster ist geschlossen. Im Zimmer ist es bullig warm.

Mein Einfall, den Kanonenofen im Wohnzimmer mit den Büchern aus meiner Bibliothek zu befeuern, hat Gisela schockiert. Stattdessen hat sie vorgeschlagen, die Zentralheizung aufzudrehen. Dazu hätte ich allerdings riskieren müssen, sie allein – ohne Klarsichthülle mit einem Buch um den Hals – zwei Treppen tiefer zu Plavsic gehen zu lassen …

Nicht, daß ich Angst hätte, sie würde die erstbeste

Gelegenheit ergreifen, um abzuhauen. Dazu ist sie viel zu intelligent. Sie weiß, daß Max in einem solchen Fall Weisung hat, das Fotokopie-Fragment zu publizieren. Andererseits ist es vielleicht besser, mit ihr im selben Raum zu bleiben und sie vor impulsiven Leichtsinnsreaktionen zu bewahren.

– Das Wasser ist noch immer lauwarm.

– Dann gib den dreibändigen *Benjamin Franklin* dazu.

Ich habe ihr erlaubt, auf der Platte des Kanonenofens einen Topf Wasser aufzusetzen. Sie ist müde und braucht dringend einen Kaffee.

– Die *Franklin*-Erstausgabe von 1780? Bist du verrückt? Die verkaufe ich für mindestens 900 Mark!

– In die Flammen damit!

Eine merkwürdige Verkehrung hat sich zwischen uns ergeben. Während Gisela auf einmal wie eine Löwin für den Erhalt meiner Bibliothek kämpft und hartnäckig um jedes Buch feilscht, das durch die Ofenklappe wandert, kann es mir nicht schnell genug gehen. Am liebsten würde ich all die leder- und leinengebundenen Zeit- und Menschenfresser, die mir die Sonne verdunkelt und einen Großteil meines Augenlichts geraubt haben, auf einen Scheiterhaufen werfen und in einer gewaltigen Stichflamme auflodern und verglühen sehen.

Das Franzosenregal ist schon komplett verheizt. Jetzt sind die Amerikaner dran. In den Orkus mit den nutzlosen Scharteken! Mein Ehrgeiz geht nur auf ein Ziel: innerhalb dieser vier Wände als einziges Buch mit Gisela allein zu sein!

Der Kaffee ist aufgebrüht, in die Tasse gegossen, mit

Milch versehen, gezuckert, umgerührt, getrunken.

– Weiter!

Gisela schenkt sich nach und tritt mit der Tasse in der Hand ans Fenster. Was ist los? Was rührt sich draußen?

– Unten vor dem Laden steht ein Mann ... er liest das Schild mit den Öffnungszeiten, rüttelt am Türknauf. Jetzt winkelt er den Arm an.

– Und blickt auf seine Uhr?

– Kann ich nicht sehen: Sein Kopf steckt hinter einem Schirm.

Ein Schirm?! Will sie damit sagen, daß es regnet? Und falls ja, w a s für Regen? Gisela! Berichte! Ist es:

- Strichregen?
- Sprühregen?
- Landregen?
- Ein Platz- oder Gewitterregen?
- Ein Wolkenbruch mit Graupelschauer?

– Das Geräusch der herabfallenden Tropfen? Wie klingt es? Sag es mir!

- Mehr ein Tröpfeln oder Pladdern?
- Nieseln, Rieseln?
- Pritscheln, Urfeln?
- Plätschern, Prasseln, Plackern?
- Guddern, Schütten, Schmaddern?

– Nun sag schon!

◆❖◆

Es ist ein Platzregen mit großen schweren Tropfen.

Gisela beschreibt das Geräusch der auf Dächer, Fenstersimse, das Gassenpflaster herabstürzenden Fluten als eine Art Zischen:

– Überkochendes Wasser läuft in eine Flamme.

Ein heftiger Windstoß springt gegen die Fassade, bollert gegen die Fenster, Regen gischtet gegen die Scheiben.

– Eine ferne Brandung.

Kaum habe die Windrichtung gewechselt, sauge ein ›schauerlich klagender Hohlton‹ an Ecken und Kanten. Die in der überfüllten Regenrinne herabstürzende Wassermasse ›raune‹. Etwas quietsche gottserbärmlich. Sie kann nicht erkennen, was.

– Ein loses Fensterblech? Ein ungeöltes Rad?

Ich lasse sie das Fenster öffnen. Unten auf der Gasse läuft ein Mann vorbei: ein dunkler Prasselton mische sich in das Zischen. Bei zwei alten Damen mit aufgeklappten Schirmen wird es ein Brummen.

Ihr ist kalt. Sie schließt das Fenster.

Wie eine weiße Wand die Farbe zur Geltung bringe, so träten vor dem Hintergrund des gedämpften Außenrauschens die Innengeräusche scharf hervor. Das Feuer im Kanonenofen – Gisela findet keinen anderen Ausdruck – ›brutzelt‹. Was nicht wundert, denn sie hat den Ofen eben mit Ludwig Hahns *Bismarck*-Biographie gefüttert: Fünf Bände saftiger Lederrücken!

Gisela geht in Richtung Sofa, protokolliert beim Gehen ihre Gehgeräusche:

– Die Schritte knarzen über den Holzfußboden. Die Dielen vor dem Tischchen mit der Stereoanlage ächzen.

Die Sprungfedern des Sofas wimmern. Die abgestreiften Collegeschuhe kollern.

Wir gehen in die Horizontale, strecken uns der Länge nach auf dem Sofa aus. Ich liege auf ihrer auf- und abschwellenden Brust. Gisela klagt, es sei nunmehr viertel vor ein Uhr mittags, sie sei hundemüde und total am Ende. Ihr Atem klinge als strichen rauhe Finger über Schleifpapier.

Was noch? Der kleine Blechwecker ticke. Wie? Eigentlich sei es mehr ein Tacken. Ja was nun?

– Er klackt.

Geht es genauer? Das Uhrwerk schrappe metallisch. Ist das alles?

Mit einer trägen Bewegung hält sie mich vor ihren Mund.

– Ich kann nicht mehr. Ich bin seit mehr als 25 Stunden auf den Beinen. Ich bin kein Buch, sondern ein Mensch und der muß auch mal schlafen!

Wieso eigentlich nicht? Weglaufen kann sie nicht. Ich liege als Bewegungsmelder auf ihrer Brust. Was habe ich davon, wenn Giselas empfindungsfähiges Nervensystem abstumpft, dickfellig und unempfänglich wird?

– Bitte, Diogenes! Vier Stunden Schlaf und ich bin wieder fit!

– Und woher weiß ich, daß du nicht 24 Stunden durchpennst?

– Ich stelle mir den Wecker.

– Den ich nicht hören kann.

– Warte, ich habe eine Idee!

Sie steckt mich in die Klarsichthülle, die um ihren Hals

hängt, zurück und greift zum Tischchen hinüber. Kurz darauf spüre ich, wie etwas Kühles, Glattes zwischen die Plastikfolie und meine aufgeschlagenen Seiten gleitet, etwas, das hämmert, schlägt und knackt, mich durchpulst und erschüttert: ein tickender Ventrikel.

– Spürst du es? Jedes Knacken bedeutet eine Sekunde. Es ist jetzt 10 vor eins. Ich habe den Wecker auf 10 vor fünf gestellt. Ich werde genau 4 Stunden schlafen. Du kannst mitzählen, wenn du willst.

◆❖◆

Gisela liegt auf dem Rücken und schläft. Ich liege auf ihrer Brust und lasse m[illegible]ften Atemwellen heben. Der Wecker liegt au[illegible] Uhrenglas auf das Papier und macht: Ti[illegible]sher 2356 Mal. Tick tack! Macht 2358. Was den[illegible] Gisela schläft seit 39 Minuten und 3[illegible]iesem Augenblick? Sie atm[illegible] Im Schnitt um die 2 Sekun[illegible] so lang, also etwa 4 Sek[illegible] inzwischen Tick-tack [illegible] 2366 Mal plus das [illegible]t undsoweiter u[illegible]nd drauf! Ich werd[illegible]nus schon spüren! Wa[illegible]gesehen? Als ich ein jung[illegible] Der Wecker mußte her, M[illegible]gen mit einer heißen Tas[illegible]Tee aus dem [illegible]Kompliment[illegible] hatte plötzlich gestorben war. Wo das erste Treffen stattfand? In dem winzigen (längst verschwundenen) Uhrenladen am Äußeren Stadtgraben. Das verschmitzte Lächeln des Inhabers, als ich ihn bat, mir das Läuten der verschiedenen Fabrikate vorzuführen. Ein Fabrikat der Firma Kienzle. Der goldglänzende Messingwecker hat mir von Anfang an gefallen. Wie ich sein Äußeres beschreiben würde?

Das Gehäuse: kreisrund, aus massivem Messing, Durchmesser 5,9 cm; Höhe: mit Klöppel und Schelle des offen zur Schau gestellten Weckmechanismus 7,9 cm; das große Zifferblatt: weiß mit phosphorgrünem Minuten- und Stundenzeiger, die Weckanzeige ist dunkelrot, auf der rechten Seite in geschwungener Schreibschrift das Herstellerlogo *Kienzle*, im Inneren ein solides mechanisches Uhrwerk, das man an stillen Tagen bis in den Hausflur hinaus hört.

Was unterscheidet d i e s e n Wecker von Kollegen gleicher Bauart? Die häßliche Schramme, die ich ihm in den Anfangstagen unserer Bekanntschaft zufügte, als ich ihn beim blinden morgendlichen Tasten vom Nachtisch fegte und gegen die Stuhlkante knallte? Ist das alles? Oh nein! Wieso nicht?

Es fehlen Empfindungen und Gefühle. Dankbarkeit zum Beispiel.

Aus welchem Grund ich ihm dankbar bin?

Weil er immer funktioniert hat und mich nie enttäuschte.

Wie empfindest du ihn jetzt? Kleide deine Empfindungen in Metaphern!

Dreibeiniger Ritter, rotschimmernde Pumpe, behelmte Unruh, pochendes Messingherz …

Wie hast du, Dieter Oger, genannt Diogenes, deinem Wecker aus dem Hause Kienzle, Seriennummer 12 657 88, deine Dankbarkeit vergolten?

Indem ich ihn letztes Weihnachten durch einen Radiowecker ersetzte.

Wie, glaubst du, hat er darauf reagiert? Kleide s e i n e Empfindungen und Gefühle in Metaphern!

Treulose Tomate, perfider Papiertiger, nimmersatter Wälzer …

Hat auch nur einer dieser blumigen Vergleiche euer Verhältnis im Kern getroffen?

Kein einziger!

Welche der drei Literaturgattungen wäre am ehesten geeignet, eure Beziehung auszudrücken: Poesie? Drama? Oder Prosa?

Schwer zu sagen: Poesie vielleicht.

Bist du in Stimmung, ein Gedicht über euch zu verfassen?

LÄNGERE PAUSE.

Na schön, ich versuche es:

Tick-tack!

Nimmersatte Unruh!

Tick-tack!

Perfide Pumpe!

Tick-tack!

Treuloses Messingherz!

Tick!

Tack!

Klengldenglklenglleng!

Gisela schreckt hoch. Tastet mich ab.

– Der Wecker!

Was ist mit ihm? Sie greift in die Klarsichthülle. Das Gewicht auf meiner Seite schwindet.

– Das gibt's nicht: Vor drei Stunden stehengeblieben!

Sie wird vergessen haben, ihn aufzuziehen. So was kommt vor.

– Aber ich habe ihn grade klingeln hören!

Das ist allerdings ein Rätsel. Wie der Umstand, daß meine Anführungszeichen flimmern, die Gedankenstriche rucken, die Kommata pochen, die Punkte pumpern, jedes kleine o pulsiert …

– Das Uhrwerk ist völlig im Eimer; wenn ich ihn schüttle …

Der Arm, der den Wecker hält, schnellt auf und nieder.

– … rasselt er wie eine Rumbakugel.

Plötzlich weiß ich, was in mir pumpert, pulsiert, pocht und flimmert und mir wird klar, wo das entschwundene Innenleben des Weckers steckt.

Gisela schwingt die Beine über den Sofarand und richtet sich auf.

– Vielleicht hat er auch nicht geklingelt und ich habe es mir nur eingebildet …

Hat sie nicht! Bei Gott nicht! Die Entdeckung meiner außerordentlichen Kräfte elektrisiert mich. Ich bin außer mir vor Glück: Ganz offensichtlich ist es mir gelungen, das Wesen des Weckers derart komplett zu erfassen, in Sprache zu verwandeln und zu absorbieren, daß nur das unbrauchbare Gehäuse zurückblieb!

Sie bricht in schallendes Lachen aus.

– Gisela! beschwöre ich sie. Es wäre nicht das erste Mal: Bücher sind in dieser Hinsicht brandgefährlich.

Wie viele Bücher haben ihren eigenen Schöpfer angefallen! Wer hat sich den Schriftsteller Karl Philipp Moritz einverleibt, wenn nicht seine eigene Lebensbeichte mit dem Titel *Anton Reiser*? Wer hat sich den wackeren Boswell reingezogen? Komplett? Mit Haut und Haar und allem was an dem armen Burschen dran war? Selbstverständlich sein Buch *The Life of Samuel Johnson*! Und der brave Eckermann, der sich zeitlebens nie richtig zu leben traute? Wo hat er 62 Jahre lang gesteckt? In einem Buch natürlich! *Gespräche mit Goethe*!

Gisela gähnt mich an, während sie spricht:

– Vielleicht der olle Eckermann, das halbe Hemd, nicht aber ein massiver Metallwecker …

Arme Gisela: Sie hat keine Ahnung!

– Ein Buch, das richtig Appetit hat, verschlingt ganze Kosmen samt Göttern, Mythen, schwarzen Löchern und allem, was dazu gehört: *Gilgamesch*-Epos! *Genesis*! Die *Veden*!

– Apropos Appetit: Was dagegen, wenn ich in die Küche gehe und mir ein Brot mache?

– Frag mich erst, wieviel Uhr es ist!

– Ich habe aber Hunger.

– Du fragst jetzt sofort, wieviel Uhr es ist!

– Wieviel Uhr ist es?

– Punkt 

Unbeeindruckt springt sie auf, will in die Küche.

– Halt!

Ich habe eine bessere Idee …

Wir tanzen! Seit  nichts wie tanzen: Es ist herrlich!

Contramilonga a la funerala, ein Tango von Carlos Gardel.

Die Boxen stehen auf dem Boden, die Vibration der Bässe erschüttert die Dielenbretter. Schallwellen durchrieseln mich. Die Plastikfolie, in der ich stecke, klebt auf ihrem schweißbedeckten Dekolleté.

Da es ihr anfangs zu kalt war, habe ich sie gezwungen einzuheizen und Italiener von Alfieri bis Petrarca in das Ofenloch zu werfen, bis sich das Zimmer so erwärmt hatte, daß sie ohne zu frösteln ihre Tanzpumps und das geschlitzte pailettenbesetzte Kleidchen anziehen konnte.

Dam-dam-dam-darram!

Die Bassvibrationen steigen von den Dielen auf, erfüllen Rumpf und Bauch, Muskeln schwellen, Sehnen spannen.

Dam-dam-dam-darram!

Schmiegsam nickt die Wirbelsäule, federn die Knie im Wiegeschritt, gleiten Gelenk und Knorpel ineinander: süße Energie des Tangos! Wie habe ich der Magie des Bandoneóns so lange widerstehen können?

Wir gleiten – eine sanfte Welle dehnt und streckt uns, etwas, stärker als wir, atmet uns aus und ein, wirbelt den Raum um uns herum. Die Hauptschlagader flackert. Schlüsselbeine klopfen gegen meine Deckel. Tief unter mir kreist die Taille wie ein Schneebesen, schnappt das Becken vor wie der Unterkiefer einer Klapperschlange.

Kopf in den Nacken! Drehung! Das stolze Aufbäumen

knirscht durch Brust und Wirbel. Die heftig niedersausenden Absätze erschüttern wie Preßlufthämmer. Ich fliege um ihren Hals!

Meine Kante bohrt sich zwischen ihre Rippen, ich schwimme erschauernd durch ihr Fleisch. Nichts mehr, an das ich mich halten könnte: nicht die Spur von Rhythmus, Struktur oder Ordnung! Giselas fester Körper ist durchlässig geworden, läßt die anstürmende Musik ohne jeden Widerstand passieren: Tanz der Moleküle! Energiewirbel! Zerfallende Materie! Eine Shiva mit tausend Tentakeln!

Aus dem Takt geraten, hänge ich tumb auf ihrer Brust. Gisela kümmert es nicht. Sie breitet die Arme aus und tanzt.

Ich hasse ihre flinken Füße! Die behenden Arme! Die wendige Hüfte! Hasse ihr entrücktes Lächeln, den zierlich auf und ab nickenden Kopf!

– Aufhören! Hör auf zu tanzen!

Es ist . Sie tanzt weiter, als hätte ich nichts gesagt. Ich schreie sie großlettrig an:

– **Mach die Musik aus!**

Sie denkt nicht daran, tanzt ungeniert bis  weiter.

Endlich hört das Gehopse auf. Offenbar ist die CD zu Ende. Gisela kauert nieder, nestelt die Riemen auf, zieht sich die zertanzten Schuhe von den Füßen. In aller Ruhe geht sie barfuß im Zimmer auf und ab, sinkt in einen der Sessel und starrt Löcher in die Luft.

Als sie gnädig geruht, mich zur Hand zu nehmen ist es bereits .

– Puh, war das anstrengend! Ich bin total verschwitzt.

Sie zieht sich das Kleid über den Kopf, der Stoff rieselt über meine Kanten.

– Wieso antwortest du nicht? Bist du sauer?

Sie biegt die Arme auf den Rücken, zerrt den Büstenhalter unter mir hinweg.

– Ich muß dringend duschen. Was dagegen, wenn ich dich kurz beiseite lege?

– Ich werde dich lehren, wer hier wen beiseite legt. Runter mit dir!

– Oh nein … bitte, bitte nicht!

Zu schade, daß ich sie nicht sehen kann. Der Anblick muß zum Brüllen sein: Sie kniet nackt vor einem der Tanzpumps auf dem Parkett. Ihre vor Wut und Scham bebenden Hände umklammern mich, das Buch, von dem sie Anweisungen erhält.

– Runter mit dem Kopf!

– Nein!

– Komm schon: Faß!

Sie will nicht und ich weiß warum. Aber sie muß. Sie soll mit all ihren Sinnen erfahren, auf welchen Fundamenten ihre graziös fließenden Tangofiguren fußen.

– Ich flehe dich an!

Die Finger flattern. Sie friert wie ein Schneider. Ich kann durchaus nachfühlen, wie sehr sich ihr von Gänsehaut überzogener nackter Körper nach dem warmen Wohlgefühl einer heißen Dusche sehnt …

– Bitte, Diogenes!

Aber ich lasse sie erst duschen, wenn sie den Tanzpumps zwischen ihre Zähne nimmt und ihn wie ein Hund auf allen vieren zum Schuhschrank im Flur apportiert.

– Ich schaffe es nicht.

Wenn man einer adretten Person wie Gisela beim Tanzen zusieht und feststellt, wie entrückt und leicht sie gleich einem Schmetterling über das Parkett schwebt, würde man nicht meinen, daß sie unter Fußschweiß leidet. Doch Tatsache ist: Nach jeder ihrer bezaubernden Tanzeinlagen stinken ihre Füße meilenweit!

Ihre Tanzpumps sind derart mit übelriechenden Exsudaten vollgesogen, daß man sie nur in zwei dicke Plastiksäcke eingeschlagen in den Schuhschrank stellen kann.

– Mir wird schlecht.

– Dann atme durch den Mund.

Sie fährt hoch, fleddert mich durch, faucht mich mit dem heißen Atem einer Löwin wütend an:

– Ich gehe jetzt!

Sie tut drei abgezirkelte kurze Schritte in Richtung Bad.

– Wenn du willst, daß die intimen Einzelheiten deines Liebeslebens bald einer interessierten Öffentlichkeit als Buch vorliegen – geh ruhig weiter.

Sie knickt ein, als hätte eine Betonbirne sie in den Bauch geboxt, sinkt auf alle viere nieder, kriecht zu einem der muffelnden Pumps, nimmt ihn sacht zwischen die Kiefer, bringt ihn dahin, wo er hingehört, zum Schuhschrank, in den Flur hinaus.

– Brav.

◆❖◆

Es ist . Gisela ist im Bad beim Duschen. Ich liege auf dem Küchentisch. Als Belohnung für ihr kooperatives Verhalten habe ich ihr eine ganze Dreiviertelstunde zugestanden. Sie hat noch genau 35 Minuten.

– … *nich imma nachm Tangogeiger hin!*
Was is schon dran an Argentinien?
Lalalalala – ick noch bei dir bin,
Ick hab doch auch janz schöne Linien!

Gisela singt immer, wenn sie sich mit einem zur Wurst gerollten Handtuch den nassen Rücken rubbelt. Meist Gassenhauer aus den zwanziger Jahren: *Tangogeiger … Ich bin von Kopf bis Fuß … Nimm dich in Acht vor blonden Frauen …* jahrein jahraus dasselbe Zeug.

Als sie verstummt weiß ich was folgt: das Ritual der Düfte und Essenzen. Am Anfang unserer Beziehung stand ich oft in der Badezimmertür, um zuzuschauen, mit welch wohlgezirkelter Drehung Gisela die Kappen der Pasten-Dosen, Creme- und Lotiontuben aufschraubt, mit welcher Sorgfalt und Liebe sie das wohlriechende Öl in den blitzeblank geschrubbten Leib massiert, ihn mit verlockendem Duft bestreicht, bis er sich zum Anbeißen lecker, appetitlich glänzend von den weißen Kacheln abhebt, wie ein rosa Marzipanschwein vom Teller des Konditors.

Es ist . Gleich werden ihre Finger angekrochen kommen, um mich zu halten …

Wenn ich bedenke, wie leicht und rasch ich mir diesen Wecker reingezogen habe? Einen metallisch kalten Gegenstand. Im Vergleich dazu muß das osmotische Erfassen eines lebenden Geschöpfes ein wahres Kinderspiel sein. Sofort beschließe ich, das Experiment in die Tat umzusetzen und mit Gisela, dem Menschen, den ich nun einmal am besten kenne, anzufangen.

Doch wie kann ich sie dazu bewegen, mich eine ganze Stunde ununterbrochen in der Hand …?

– Was spinnst du da vor dich hin?

Sie muß sich angeschlichen haben, ich konnte keinerlei Erschütterungen spüren.

– Nichts, nichts. Komm ins Wohnzimmer. Du darfst dich nicht erkälten.

Inzwischen ist es auch im Wohnzimmer kühl geworden. Da die Bücherborde an den Wänden leer sind, muß Gisela in den Flur laufen und mit dem Inhalt des letzten Regals, den großen Russen, die Glut anfeuern. Laufende Meter Bücher wandern in die Flammen. Asakows *Familienchronik*, *Trotzkis Leben*, die *Erinnerungen* von Kaiserin Katharina der Großen und Leo Tolstoi. Als die Biographie der *Marina Iwanowa Zwetajewa* im Feuer lodert, ist der Buchvorrat endgültig erschöpft.

– Ich habe eine Idee. Du setzt dich in den großen Sessel und liest mir vor.

– Woraus denn? Ist kein Buch mehr da.

– Und was hältst du gerade in deiner Hand?

◆❖◆

Gisela hält mich mit beiden Händen, liest mi
laut und deutlich vor :

– Ich bin ein Buch!

Mein Rücken der Buchrücken, mein Ru
block, der Buchrücken blau wie meine A
talband rot wie mein Haar. Wenn m
breite ich die Arme aus.

Gisela ist verzweifelt: Gestern
normal in Menschengestalt zu B

– Wie viele Seiten habe ich?

Es kitzelt, als ihr Daumen zu m
ten Seite blättert. Ich bin blind wie
wurf, kann ihr Gesicht über mir nic

– Hundertvierundvierzig.

Ein schmales Bändchen also. We
Widerspruch zu meinem früheren Körpe
ve Leib, den ich mit Butterplätzchen niederj
in Ruhe lesen konnte.

– Welches Format?

Wir sinken etwa einen Meter tiefer. Auf das
Teppich? Auf den Hocker vor dem Schminktisch?

– Antworte!

Ich spüre wie sich ihre Finger um den Buchb
fen.

– Oktav! Was spielt das denn jetzt noch für e

– Ich wüßte eben gerne wie ich aussehe.

Ihre Antwort besteht aus salzig warmen Tropfen
aufgeschlagenes Papier geduldig aufsaugt. Gisela
wöhnlich lautlos. Ohne eine Miene zu verziehen

Leider wurde diese Seite von Herrn Gerold Roth auf Seite 58 brutal herausgerissen!

Der Herausgeber

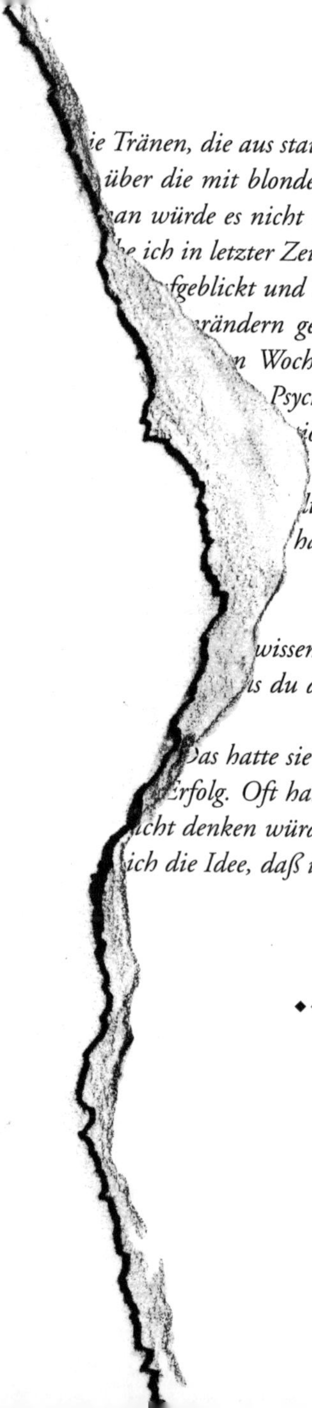

ie Tränen, die aus staunend aufgerissenen Augen quel- über die mit blondem Flaum bewachsenen Wangen an würde es nicht mal bemerken.

e ich in letzter Zeit im Lehnstuhl sitzend von mei- fgeblickt und an durchnäßten Taschentüchern rändern gemerkt, daß sie wieder geweint n Wochen waren turbulent und hart. Psyche eines zarten Persönchens wie ionen auszulösen?

lten, zittern.

habe nicht g e s a g t*, daß sie ver-*

wissen?

s du denkst, klar und deutlich in dir

as hatte sie schon immer versucht. Manch- Erfolg. Oft hatte sie aber auch Dinge, die ich cht denken würde, in mich hinein interpretiert. ich die Idee, daß ich ein Buch bin, keineswegs für

◆❖◆

Die von Gerold herausgerissene Seite hatte ich vollkommen vergessen!

Durch das entstandene Zeitloch ist es Gisela gelungen, meiner lückenlosen Überwachung zu entkommen.

Vier Wochen und drei Tage lag ich hilflos an der Stelle, wo sie mich hinwarf: unter dem Sessel.

Am 21. Januar, um  spüre ich die Erschütterung von Schritten. Es ist Max!

Er erzählt mir, Gisela sei vorige Woche im Verlag erschienen und habe behauptet, sie sei meine Co-Autorin: Die meisten Dialoge stammten von ihr. Da sie nun gottlob nicht mehr in diesem Provinzkaff, sondern in der anonymen Großstadt lebe, habe sie ihre Meinung geändert und sei mit meiner Veröffentlichung einverstanden.

Anschließend habe sie ihm den Mund auf meinen angeblich spannenden Schluß wäßrig gemacht und ihm den Anteil an ihren angeblichen Rechten sowie den Schlüssel zu unserer Wohnung gegen eine saftige Honorarvorauszahlung verkauft.

Als mir Max die Höhe des an Gisela ausgezahlten Vorschusses verrät, gerate ich in weißglühende Wut und bin den Rest der Woche außerstande, auch nur eine Zeile zu Papier zu bringen.

Burckmair, der das Lektorat übernimmt, teilt mir mit, Gerold habe über seinen Anwalt gedroht, den Verlag zu verklagen, falls er in ›identifizierbarer Form‹ auftauchen sollte. Für die Hauptpersonen müßten wir uns neutrale Namen einfallen lassen.

Ob ich mit ›Gerold‹ und ›Gisela‹ einverstanden sei?

Ich stimme ohne Zögern zu. Mir doch schnurzpiepe wie die heißen.

Max hat im *Börsenblatt* gelesen, die *Büchertonne* sei von der *Dombuchhandlung* übernommen worden. Der Laden heiße nunmehr *Tango* und biete hauptsächlich Modernes Antiquariat, CDs und ausrangierte Software an.

Die Arbeit geht zügig voran. Burckmair macht nur wenig Änderungsvorschläge. Mir fällt auf, daß er, nachdem er die Weckerepisode lektoriert hat, peinlich genau darauf achtet, mich nicht länger als zehn Minuten am Stück in der Hand zu halten …

An der Titelkonferenz nehmen die Lektoren, der Verleger sowie die Verlagsvertreter teil. Meine Idee, mich *Bekenntnis eines Buches* zu nennen, wird per vier zu drei Stimmen-Votum abgelehnt. Nach einer Reihe weiterer Vorschläge wird die Titelempfehlung des Verlegers: *Mein Leben als Buch* einstimmig angenommen.

Dann ist es soweit: Die Vertreter schwärmen mit Umschlagentwurf und Kurzinhalt in alle Richtungen aus. Ich werde gedruckt.

Mein Weg in die Unsterblichkeit beginnt.

Kein Mensch kann nachfühlen, was die Veröffentlichung für ein Buch bedeutet. Kein Sterblicher kann auch nur erahnen, mit welchem Jubel das Papier in die schmale Engstelle zwischen Preßkörper und Druckform einschießt, mit welch gläubiger Hingabe es sich im Falzwerk beugen, im Dreimesserautomat stutzen läßt, mit welchem Stolz der zugerichtete Papierblock schließlich in der Buchhängemaschine die Einbanddeckel empfängt.

Egal, was die Zukunft der Menschheit bringen wird,

Kriege, Seuchen, Katastrophen: Im hintersten Winkel eines Antiquariates, in einem vergessenen Bücherschrank, einer abgelegenen Bibliothek werden Exemplare von mir stehen und überdauern.

Meine Auslieferung erfolgt über die *SOVA* in Frankfurt. Buchhändler reißen die Kartons auf, packen mich in Stellagen, Fenster und Regale. Ich liege bei *Hugendubel* und *Dichtung und Wahrheit*, lauere bei *Osiander*, harre bei *Herder*, staple mich bei *Bouvier* und *Bittner*, lehne bei *Ypsilon* im Fenster, lagere bei *Kiepert*, luge aus dem Sortiment von *Pustet*, fülle die Reihen der *Heinrich-Heine*-Buchhandlung, warte bei *Heymann* im Regal …

* * *

Ich wußte es von Anfang an. Die Art, wie du mich aus dem Regal zogst, aufschlugst und anfingst zu lesen. Kompliment. Die Zeit mit dir ist im Nu verflogen: Kaum angefangen und schon auf der vorletzten Seite!

Du bist nicht …? Egal! Klammern wir uns nicht an Namen. Wer immer mich zum Leben erweckt, ist willkommen. Ich liebe pochende, von Blut durchpulste Augen!

Die hanebüchene Geschichte meiner Verwandlung hat dich, scheint es, interessiert. Was glaubst du? Hat es zwischen den Personen, die ich hier Gerold und Gisela nenne, tatsächlich eine Affäre gegeben? Oder war das nur geschickt eingestreutes Spielmaterial? Ein Trick, um deine Aufmerksamkeit zu fesseln, während sich d i e s e Zeile wie ein Hundebandwurm in dein Hirn frißt?

Arme unverwechselbare Persönlichkeit! Sie wird nie wieder die gleiche sein. Natürlich wird dein Körper tun, als wäre nichts geschehen, und weiter frech durch Raum und Zeit spazieren. Er wird weiter andere Körper lieben und hassen, weiter sitzen, stehen, liegen, laufen.

Für mich ist er nicht mehr von Interesse. Ich habe dich ausgelesen. Bin fertig mit dir.

Dies ist die vorletzte Zeile.

Tu mir den Gefallen und klappe mich zu.